Le Livre de Poche Jeunesse

L'agence Mondétranges

L.D. Lapinski

L.D. Lapinski vit dans un grand village en bordure de la forêt de Sherwood, en Angleterre, avec son mari et son fils. Quand elle n'écrit pas, elle aime lire, faire de la pâtisserie et coudre. *L'Agence Mondétranges* est son premier roman.

L.D. LAPINSKI

L'agence Mondétranges

Traduit de l'anglais (Royaume-Uni)
par Laure Porché

Illustration de couverture : Jérémie Fleury
Illustrations intérieures : Shutterstock
Traduit de l'anglais (Royaume-Uni) par Laure Porché
L'édition originale de cet ouvrage est parue
chez Orion Children's Books,
an imprint of Hachette Children's Group, sous le titre :
The Strangeworlds Travel Agency

Pour Joseph

Tout le monde a un univers secret à l'intérieur.
Absolument tout le monde.
Sur la terre entière,
absolument tout le monde…
Même les gens ternes et ennuyeux
à l'extérieur. À l'intérieur,
ils ont des univers inimaginables, glorieux,
stupides, merveilleux, extraordinaires…
Et pas qu'un seul. Des centaines d'univers.
Des milliers, peut-être.
Neil Gaiman, *A Game of You*[1]

1. © 1991 DC Comics. Écrit par Neil Gaiman.

1

Dans notre monde, la magie s'infiltre partout.

Si vous êtes attentifs, vous la remarquerez. Une calèche et ses chevaux passant entre les voitures et les trottinettes ; une ruelle pavée dans laquelle les gens entrent sans jamais ressortir. Parfois c'est une personne qui vous mettra la puce à l'oreille, quelqu'un qui semblera tout droit sorti d'une vieille photo en noir et blanc. Ou peut-être apercevrez-vous un voyageur dont les bagages flottent à quelques centimètres du sol : quand vous voudrez vérifier ce que vous avez vu, il aura disparu avec ses valises.

Et il arrive que la magie se trouve en magasin.

Coincés entre les vitrines colorées des marques actuelles, les commerces surnaturels ne sont jamais tape-à-l'œil ni ostentatoires. Leurs fenêtres sont noires de poussière et leurs noms se dessinent en lettres fantômes, tellement malmenées par les éléments qu'on les distingue à peine. Voyez-vous, la magie n'aime pas qu'on la remarque.

L'agence de voyages Mondétranges ressemblait en tout point à une boutique de conte de fées.

Les vitraux des fenêtres étaient sales et fêlés. La peinture de la porte presque toujours close s'écaillait. Un seul élément refusait de se fondre dans le décor : l'enseigne, dont les lettres noires et dorées ressortaient sur un fond rouge rubis. La maison était clairement d'un autre temps et pourtant son nom, flanqué de deux globes terrestres, s'affichait bien visible pour tous :

Entre l'ouverture de l'institution, quelque cent cinquante ans plus tôt, et l'été où tout allait basculer, la seule modification apportée à la devanture avait concerné les globes : on les repeignait de temps en temps, pour remettre à jour les frontières bousculées par les aléas de la géopolitique.

Il était donc grand temps de procéder à des changements. D'ailleurs, c'était une nouvelle venue qui allait sauver l'agence. Entre autres choses.

Jonathan Mercator lisait, assis dans son fauteuil, les pieds calés sur le bureau pour être plus à l'aise.

Autour de lui, des registres ouverts s'étalaient sur la table ; les tic-tac désynchronisés de plusieurs pendules brisaient le silence de la boutique. Jonathan ne leur prêtait aucune attention.

Une ombre passa devant la grande baie vitrée, puis repassa avant de s'immobiliser sur le perron. Après cet instant d'hésitation, la porte s'ouvrit en couinant et un jeune garçon entra, grimaçant à la vue de l'intérieur de la boutique.

Jonathan leva les yeux de son roman pour observer le nouveau venu avec intérêt.

– Euh… ce n'est pas Micromania, si ?

Sa curiosité éteinte comme une bougie dans un courant d'air, Jonathan regarda autour de lui en feignant l'étonnement.

– Ah bon ? Mais qu'est-ce qui te fait dire ça ?

Le garçon sortit son smartphone.

– C'est censé être ici.

– Ah, dans ce cas… Si ton *téléphone* dit que c'est ici, il doit avoir raison. Ne fais surtout pas confiance à tes propres yeux.

Jonathan mit la main dans la poche de son manteau et en sortit une toute petite loupe à la monture de bronze. Il la lança au garçon, qui la rattrapa maladroitement.

– Vérifie, si tu veux. Regarde bien autour de toi.

– À quoi ça va me servir, ce machin ?

– Fais-moi plaisir.

Le garçon leva la loupe jusqu'à ses sourcils froncés.

– Qu'est-ce que je suis censé voir ? Ce truc ne marche pas, tout est flou. C'est quoi cet endroit ? demanda-t-il en reposant l'objet sur le bureau.

Jonathan soupira en remettant la loupe dans sa poche.

– L'enseigne ne t'a pas suffi ? Nous sommes une agence de voyages.

– D'accord, peut-être que c'est écrit dehors, mais vous n'avez même pas d'ordinateur, ricana le garçon.

Jonathan reposa les pieds au sol et contempla sa table de travail. En plus de la pile de registres, un mug de thé à moitié bu et une assiette pleine de miettes de toast s'y trouvaient.

– Pourquoi diable aurais-je besoin d'un ordinateur ?

– Euh… pour réserver des vols ? Organiser des vacances ?

Le sourire de Jonathan était empli de mystère.

– Je ne suis pas ce genre de voyagiste.

– Ben qu'est-ce que vous faites, alors ?

Jonathan remonta ses lunettes et joignit les mains, ses doigts s'emboîtant comme des rouages bien huilés. Soudain, une valise située à sa droite s'ouvrit violemment, lui évitant d'avoir à répondre.

Avant que les choses ne se compliquent, nous devrions peut-être clarifier les causes de l'incrédulité de ce garçon face à l'agence de voyages Mondétranges.

Tout d'abord, l'objet le plus moderne qui s'y trouvait était une machine à écrire de 1960, sur laquelle Jonathan Mercator aimait taper de petits mots sarcastiques qu'il dissimulait dans les livres de la bibliothèque publique. Cet engin était posé sur un bureau tout droit sorti de l'époque victorienne, et même les vêtements de Jonathan étaient démodés. Ses costumes en tweed avaient sans doute déjà servi à plusieurs générations, disparues depuis longtemps. Pas vraiment commun pour un jeune homme de dix-huit ans.

Et puis il y avait l'absence criante de posters de Disneyland, du Portugal, ou d'autres endroits alléchants pour le touriste lambda. Tout juste si quelques globes et atlas étaient parsemés dans la pièce. L'un de ces globes ressemblait plus à une poire qu'à une sphère.

Enfin, il y avait les valises.

Elles couvraient un mur entier, bien rangées dans des casiers en bois encastrés dans la brique, chaque poignée à portée de main. Des bagages supplémentaires s'empilaient un peu partout dans la boutique.

Parmi la cinquantaine présentes sur les étagères, pas une ne ressemblait à une autre. Des valises en cuir, en carton épais, en peau de crocodile et autres animaux que même le plus calé des zoologistes n'aurait su reconnaître. Certaines étaient couvertes de stickers, d'autres de peinture, et au moins une douzaine portaient des étiquettes en papier à leur poignée.

L'agence Mondétranges aurait aussi bien pu être un bureau d'objets trouvés ou un antiquaire spécialisé. Rien de surprenant donc à ce que le garçon soit méfiant, avant même qu'un des nombreux bagages ne s'ouvre tout seul.

Au bruit que fit ce dernier, Jonathan se retourna brusquement. Le dessus de la valise projeté en arrière, un torrent d'eau se déversa dans la pièce.

– Qu'est-ce qui se passe ? s'exclama le garçon en tentant d'échapper à l'inondation.

Quelques secondes plus tard, un homme surgit du bagage comme d'une trappe, trempé, toussant et crachant. Il fit immédiatement volte-face, plongea les deux bras dans l'eau et se mit à tirer de toutes ses forces. Bientôt une femme émergea, se hissant tant bien que mal avant de dégringoler dans la pièce. Elle atterrit à quatre pattes, ses jupes et jupons multiples dégoulinant sur le plancher. Elle avait trois paires de lunettes autour du cou, ses épais cheveux noirs tressés étaient décorés de rubans. Autour de sa cheville droite s'enroulait un tentacule rouge vif à l'aspect particulièrement visqueux.

– Cette maudite bestiole me tient encore, Hudspeth, souffla la femme, plus énervée que terrifiée alors même que l'appendice gagnait du terrain sur sa jambe.

Son compagnon administra une petite tape sur les ventouses.

– Lâche-la. Trouve-toi un adversaire avec le même nombre de pattes !

Le tentacule se resserra, intensifiant sa couleur rouge.

– Merci de bien vouloir désemmêler vos membres, soupira Jonathan. Je ne peux vous laisser rapporter quelque chose avec vous. Vous connaissez les règles.

La femme donna un coup de pied. L'intrus la lâcha enfin, récupérant son bras en éclaboussant l'entourage.

La valise tressauta et se referma avec un grand CLAC.

Allongés sur le sol, trempés jusqu'aux os, essoufflés, ayant échappé de justesse à une pieuvre un peu trop affectueuse, les deux arrivants se regardèrent et éclatèrent de rire.

Jonathan tira vers lui l'un des registres, l'ouvrit à la bonne page et prit un stylo.

– Bienvenue à tous les deux. Mori et Alfred Hudspeth…

– Juste Hudspeth, je préfère, intervint l'homme avec une grimace.

– Très bien. Hum, votre itinéraire ne prévoyait votre retour que dans une semaine. Vous ne vous êtes pas amusés ?

– « Amusés » n'est pas le mot que j'emploierais, répondit Mori en réarrangeant ses cheveux.

Elle posa une paire de lunettes sur son nez avant de la remplacer par une autre, qui sembla mieux lui convenir.

– La météo a empiré : la taille des vagues, inimaginable ! On a entendu parler de bateaux littéralement projetés hors de la carte.

– La pire tempête que j'aie vue depuis longtemps, ajouta Hudspeth en hochant la tête. Tous les ports de la partie basse du monde étaient fermés. Et ils ont encore changé de monnaie, vous le saviez ?

– Oh, pour l'amour du ciel ! s'exclama Jonathan en griffonnant à la hâte sur un bout de papier. Ils en changent si souvent qu'ils en seront rendus au troc la prochaine fois. Est-ce qu'au moins vous avez pu faire des observations intéressantes ?

– Plus ou moins.

Hudspeth tira un carnet détrempé de l'intérieur de sa chemise et le posa sur le bureau. À sa vue, Jonathan leva les sourcils.

– Vous vous rendez compte de la valeur inestimable de chacun de ces guides ? Sans parler du fait qu'il n'y en a qu'un seul par valise ?

Il prit l'objet dégoulinant entre le pouce et l'index.

– J'attends des membres de la Société qu'ils traitent avec un peu plus de soin les documents qui leur sont confiés.

– Hé, on n'a pas vraiment eu le temps de s'asseoir pour rédiger une dissertation, se défendit Hudspeth en riant.

Jonathan resta de marbre.

Hudspeth releva sa frange, découvrant son front barré d'une plaie ouverte gonflée par l'eau de mer.

– Vous voyez ça ? Une « légère altercation » en arrivant à l'Anse des Voix. Avec ce qui se passe en ce moment, la capitaine Nyfe ne laisse passer que les gens qu'elle connaît… Nous avons dû prendre un plus petit vaisseau pour tenter de rejoindre La Fracture. Et on a failli perdre la valise quand la tempête a commencé…

– Et puis la… l'espèce de pieuvre, ajouta Mori. Comment elle a appelé ça, déjà ?

– *Hafgufa*, répondit Hudspeth. Monstres de la brume.

– C'est ça, continua Mori en retouchant son maquillage pourtant resté miraculeusement intact. Apparemment, la valise les attirait. On a dû sauter par-dessus bord quand la bête s'est emparée du bateau. Je n'ai jamais vu ça. On a été récupérés par un des canots de sauvetage, par contre un vrai cauchemar pour trouver un endroit où ouvrir la valise.

– Ce qui ne veut pas dire qu'on ne le referait pas, acheva Hudspeth d'un air malicieux.

– Eh bien, Dieu merci, vous avez réussi à surnager jusqu'ici dans cet océan de bonnes excuses, dit Jonathan sèchement en ouvrant le guide et en le parcourant des yeux. Et *un seul* paragraphe pour votre peine. Vous savez que ce n'est pas suffisant.

Le couple rougit.

– On n'a pas vraiment eu le temps…

– On a failli perdre la valise, vous savez…

– *Ne perdez pas vos bagages*, interrompit Jonathan. C'est la règle Numéro Un. Ce badge sur votre bras (un écusson déchiré et décoloré sur la manche d'Hudspeth) signifie que vous vous pliez aux règles et prérequis. Il n'est pas là juste pour vous donner l'opportunité de…

– On fera mieux la prochaine fois, trancha cavalièrement Hudspeth tout en aidant sa femme à se relever. Ça va, Mori ?

– Pas trop mal, répondit-elle en arrangeant ses vêtements.

Son mouvement délogea une loupe de sa ceinture où elle était coincée.

Elle était plus grande que celle qui se trouvait à présent dans la poche de Jonathan. Reliée à la ceinture de Mori par un anneau en métal qui rappelait un porte-clés en plus solide et plus esthétique, elle laissait deviner son poids à son manche en bois rouge et à sa lentille de verre épais cerclée de cuivre.

En une fraction de seconde, l'attitude jusqu'ici polie de Jonathan fit place à la fureur.

– Vous… vous avez pris une loupe avec vous ?

– Juste par précaution. On ne sait jamais…

– On sait *très bien*, s'emporta Jonathan, la rage le faisant apparaître plus grand que son mètre soixante-dix. Comment… comment osez-vous ? Vous savez pertinemment que vous n'avez pas l'autorisation de vous en servir.

– Écoutez…

– Non, c'est *vous* qui allez m'écouter, interrompit Jonathan en contournant le bureau, ses yeux lançant des éclairs derrière ses lunettes. Vous êtes des membres de la Société. Vous connaissez le passé de l'agence, et vous savez *pourquoi* ces loupes sont des objets interdits. Comment osez-vous en garder une, et encore plus l'emporter avec vous ? Je suis votre Conservateur en Chef. Je devrais vous effacer des registres à cet instant même.

Mori rougit plus que jamais.

– C'était juste au cas où…

– Au cas où *quoi* ?

– Désolé, intervint Hudspeth. Jonathan… Monsieur Mercator… On est désolés. On l'a trouvée à Cinq Lanternes et on s'est dit que ça pourrait servir.

Jonathan tendit la main.

– Donnez-la-moi.

Les deux échangèrent un regard.

– Je suis votre Conservateur en Chef. À moins que vous ne préfériez être bannis à vie, donnez-la-moi. Tout de suite.

Mori décrocha l'anneau de sa ceinture avec réticence et passa la loupe à Jonathan.

– Elle m'a pourtant coûté un bras, marmonna Hudspeth.

– Vous avez de la chance qu'elle ne vous coûte pas plus, commenta Jonathan en rangeant la loupe dans le tiroir de son bureau. Si vous n'êtes pas sûrs d'être capables d'utiliser une valise – et seulement une valise –

correctement, pas la peine de revenir ici. Ce n'est pas un jeu.

– D'accord, dit doucement Mori. On est désolés. On n'a pas réfléchi. Et on fera mieux la prochaine fois pour le guide. Et la valise. Je veux dire, on ne courra pas le risque de la perdre.

– Merci, dit Jonathan en refermant le tiroir.

– Vous prenez vos responsabilités au sérieux, je vois, commenta Hudspeth avec une admiration presque forcée. Sans vouloir vous offenser, euh…

– J'en suis sûr.

La robe de Mori continuait à goutter sur le plancher.

– À la prochaine fois, donc, trancha Jonathan en poussant le registre vers eux, un stylo posé dans la pliure.

Les deux voyageurs signèrent à la page ouverte, puis prirent congé d'une poignée de main et d'un sourire. Ils sortirent sans grâce, leurs vêtements toujours ruisselants.

La clochette de la porte, depuis longtemps privée de son battant, se balança silencieusement.

Après avoir récupéré un seau et une serpillière dans l'arrière-boutique, Jonathan allait commencer à essuyer quand il remarqua le garçon qui le regardait, bouche bée.

– Oh. Tu es encore là ?

Le garçon secoua la tête, ferma la bouche et prit ses jambes à son cou, envoyant valdinguer la clochette.

Jonathan soupira et continua d'éponger, une fraîcheur salée flottant dans l'air. Il remit soigneusement la valise à sa place sur l'étagère, non sans lui avoir donné une petite tape affectueuse. Il sortit la grande loupe de son tiroir et en observa la lentille sous la lampe pendant quelques instants. Elle était vraiment très belle. Une œuvre d'art. Fabriquée avec amour par quelqu'un qui aurait fait de merveilleuses choses avec.

Pris d'une colère soudaine, Jonathan la jeta au sol et l'écrasa sous son pied. Le verre se brisa en deux sous son talon.

Il se détendit un peu. Mieux valait la casser plutôt que la laisser tomber entre de mauvaises mains.

Un léger rire lui échappa, à peine audible, et il se tourna pour dire quelque chose.

– Est-ce que tu as…

Il s'arrêta net, comme quelqu'un qui se souvient soudain que la personne à qui il parle n'est plus là.

Il était tout à fait seul.

Et il le sentait.

2

– Felicity ! C'est l'heure de se lever !

Tirée d'un rêve d'aurores boréales, Flick ouvrit les yeux sur la monotonie beige de sa nouvelle chambre. Elle s'étira et alluma sa lampe de chevet. La fine tranche d'agate posée en équilibre dessus projetait des reflets multicolores au plafond.

Flick (Felicity Hudson, pour les étrangers) se leva et ouvrit ses rideaux (beiges eux aussi), découvrant la vue avec un pincement au cœur : leur ancien appartement surplombait la ville et les cheminées de la centrale au loin, dans lesquelles des dragons dormaient quand elle était petite. Ici, les rangées de maisons identiques ne laissaient aucune place à l'imagination. Bien sûr, elle comprenait la joie de ses parents à l'idée d'une demeure plus grande, avec un jardin – envahi de mauvaises herbes et bien loin de la pelouse impeccable de la maison témoin – et assez de chambres pour tout le monde. Elle-même en avait assez de partager la sienne avec son petit frère Freddy, la machine de destruction massive dont les coups de biberon n'avaient épargné presque aucune de ses possessions. Mais elle aimait vivre en ville et, alors qu'elle venait à peine de s'habituer à son collège, la perspective d'une nouvelle école ne l'enchantait guère.

Au-dessus de son lit était suspendu l'un de ses trésors, le seul qu'elle avait pris le temps de déballer la veille : une immense carte du monde accompagnée de punaises multicolores pour marquer les pays visités, devant laquelle elle fantasmait sur une vie de voyages et d'aventures. Pour l'instant, un seul pays était épinglé : l'Angleterre. Elle soupira. Ce matin, dans ce coin perdu de la campagne anglaise, elle ne se voyait vraiment pas réaliser ses rêves. Elle finirait sûrement comme ses parents, qui travaillaient tant qu'elle les voyait à peine sans réussir pour autant à boucler les fins de mois. Entre le travail et le bébé, ils étaient si fatigués que la plupart du temps c'était elle qui les bordait le soir.

La sirène intégrée de Freddy la ramena au présent. Elle entendait sa mère essayer de le calmer. Si elle voulait avoir au moins une journée sans bébé cet été, il ne fallait pas traîner. Elle s'habilla en vitesse et descendit quatre à quatre. Freddy était assis au bas de l'escalier, mâchouillant un biscuit. Quand il la vit arriver, il s'éloigna à quatre pattes en laissant une traînée de miettes derrière lui, comme un escargot pâtissier.

– Bonjour, ma chérie. Quels sont tes plans aujourd'hui ? lui demanda sa mère en l'apercevant.

– Je pensais aller me balader, trouver mon école… Ce ne sera pas difficile, il y a à peine dix maisons dans ce village sans compter notre quartier. Je comprends pourquoi ça s'appelle Les *Petites* Vouivres.

– C'est une bonne idée, approuva sa mère. Tu pourras déballer tes jouets et le reste pendant la soirée.

Flick grinça des dents. À douze ans, elle n'avait plus de jouets depuis longtemps. Des Articles Collectors et des Objets à Valeur Sentimentale, pas de jouets.

– Bien sûr.

– Tiens, pour le déjeuner, dit sa mère en tirant un billet de son portefeuille. Amuse-toi bien !

Ayant réussi l'exploit de bâiller et péter en même temps, Freddy s'étira sur le tapis de jeu, l'air tout à fait content de lui.

Flick s'empressa de sortir avant que sa mère n'ait l'idée de lui demander de l'aide avec le bébé. Elle contourna la maison, suivit le chemin entre les jardins et croisa deux familles qui déchargeaient des camions de déménagement. Elle passa sous le rideau d'un bouleau pleureur en s'assurant qu'aucune araignée ne prenait ses boucles sombres comme taxi, et ressortit au niveau du passage piéton qui menait à la grand-rue.

Là, une surprise l'attendait : le village pourtant minuscule des Petites Vouivres était rempli de gens qui vaquaient entre les magasins et les étals du marché.

La foule ne la dérangeait pas – impossible de l'éviter en ville, après tout – mais celle-là lui faisait ressentir sa qualité d'étrangère. Les gens la dévisageaient comme s'ils savaient qu'elle venait du nouveau lotissement, celui qui avait suscité tant d'objections de la part des habitants.

Elle avait la sensation désagréable d'être arrivée à un match de foot avec le maillot de l'équipe adverse.

Elle s'adossa à un mur en faisant semblant de regarder son téléphone. Le soleil tapait déjà et l'odeur de l'herbe en plastique sur laquelle étaient posées les fraises des primeurs emplissait l'air. C'était une profusion de cabas et de bébés criant dans leur poussette.

Le groupe animé des villageois ressemblait à une fête à laquelle elle n'aurait pas été invitée. Flick était tentée de rentrer chez elle, là où il n'y avait qu'un seul bébé piailleur facilement distrait par une banane. Seulement elle avait vraiment envie d'au moins un jour de liberté pendant ses vacances. Ses parents avaient qualifié Freddy de « surprise », mais elle trouvait que le mot « choc » était plus approprié. Il monopolisait déjà l'attention bien avant d'être né.

Elle se remit à marcher, quittant la grand-rue pour mettre de la distance entre elle et les clones de Freddy. S'engouffrant dans une galerie de l'époque victorienne en vieille pierre, elle frissonna dans la fraîcheur soudaine. Elle dépassa une mercerie pleine de monde et un bar désert, et ressortit à côté d'un magasin de robes de mariée. On entendait l'animation du village au loin. Juste devant elle se trouvait une petite église entourée d'une barrière en fer forgé.

À côté de l'église était blotti un minuscule magasin un peu ratatiné dont la grande baie vitrée semblait pencher vers l'allée. Au pied de la porte d'un noir brillant, le seuil était si usé qu'on le distinguait à peine du trottoir.

Flick leva les yeux vers l'enseigne.

Agence de voyages Mondétranges.

Un frisson la parcourut : une sensation plutôt agréable, comme une curiosité au goût d'agrumes. Elle serra involontairement les poings, tout le corps traversé par une onde électrique.

L'agence de voyages, si c'en était vraiment une, ressemblait aux autres boutiques de la rue : vieille, vide de clients, peu entretenue, et dont l'intérieur devait sentir le renfermé. Cependant, la peinture de son nom venait d'être refaite, et les globes qui encadraient l'inscription brillaient au soleil. Il y avait aussi une plaque en laiton à côté de la porte, trop éloignée pour que Flick puisse la déchiffrer.

Avant même qu'elle ne s'en rende compte, ses pieds l'avaient conduite de l'autre côté de la rue, juste devant la porte.

Une fois sous l'auvent, elle eut l'impression de se trouver dans un cocon. Elle caressa la plaque fixée au mur, usée et vandalisée : les mots étaient effacés, comme si quelqu'un s'y était attaqué au burin. Flick distinguait seulement les lettres « ociété ».

Elle étudia la vitrine. Le verre, scintillant dans la lumière du matin, parut lui rendre son regard. La boutique n'était pas si poussiéreuse, après tout.

Elle était plutôt… précieuse, à l'instar d'un livre lu tant de fois que la couverture s'est détachée et que les pages rebiquent. Ou d'un ours en peluche dont la fourrure a disparu à force de câlins.

Un sentiment de douceur chaleureuse qu'elle ne pouvait expliquer emplit la poitrine de Flick. Comme en regardant la photo d'un ami prise avant votre rencontre. Vous le reconnaissez, vous savez que vous allez le connaître un jour, mais c'est comme s'il n'était pas tout à fait… prêt. Pas encore.

Elle posa la main sur le battant, qui s'ouvrit facilement. Elle entra, et la porte se referma derrière elle avec un soupir.

3

De sa vie, elle n'avait jamais vu un endroit qui ressemblât moins à une agence de voyages. L'atmosphère de la pièce était légèrement surannée, comme vue à travers un filtre sépia. À sa gauche, le mur arborait une mosaïque de bagages. Des dizaines de valises de tailles différentes étaient rangées dans des casiers sur mesure en bois sombre. Un seul de ces casiers était vide.

À sa droite, dans le coin derrière la porte, se trouvaient une armoire en bois aux portes vitrées qui regorgeait de livres, de dossiers, de bibelots et une vitrine exposant une collection d'insectes. À côté, une douzaine de photos dans des cadres épais et sombres s'étalaient sur un mur lambrissé. Flick plissa les yeux pour en observer les sujets, dont les noms gravés sur de petites plaques en métal étaient à peine lisibles.

Au fond de la pièce, coincée sous l'escalier, une bibliothèque surplombait un bureau assorti d'un siège en cuir monté sur roulettes. Il était encombré de livres, de paperasses et d'un paquet de gâteaux vide.

À droite, deux fauteuils encadraient une table basse improvisée avec des valises, devant une cheminée vide sur laquelle tictaquaient joyeusement une multitude de pendules. Une légère odeur de bougie soufflée et de papier humide flottait dans l'air.

Flick avait la chair de poule. Cet endroit lui paraissait à la fois nouveau et familier. Elle fit quelques pas prudents vers la cheminée. Les pendules marchaient toutes à des vitesses différentes. Les aiguilles de certaines tournoyaient si vite qu'elles étaient à peine visibles ; d'autres semblaient immobiles tant elles étaient lentes. Chacune était étiquetée.

– Anse des Voix, lut-elle tout haut. Aquata Minor. Forêt de Cristal…

Elle souleva celle de la Cité des Cinq Lanternes, au rythme joyeux. Elle était petite, noire et ronde, genre réveil de dessin animé, mais tellement lourde et graisseuse que, lorsqu'elle la retourna, elle lui glissa immédiatement entre les doigts. Flick plongea pour la rattraper juste avant qu'elle ne s'écrase sur les valises-table basse.

Elle poussa un soupir de soulagement et fit les gros yeux à la pendule, comme si cette dernière lui avait sciemment sauté des mains. Elle la remit soigneusement en place.

– C'était moins une, commenta quelqu'un derrière elle.

Elle sursauta et se retourna d'un coup.

Le propriétaire (Jonathan Mercator, bien sûr) se tenait dans l'encadrement de la porte menant à l'arrière-boutique, une tasse de thé entre les mains.

– Puis-je vous aider ? s'enquit-il.

– Euh… bafouilla Flick en rougissant jusqu'aux cheveux. Je suis désolée pour le réveil. Il n'est pas cassé, hein. Je… je regardais juste.

– Eh bien, mission accomplie, railla Jonathan en posant sa tasse. Je souffrais d'un manque cruel de visiteurs venus me faire perdre mon temps. Dieu merci, vous êtes arrivée, mademoiselle… ?

– Flick.

– Mademoiselle Flick ?

– Flick Hudson. Enfin, Felicity, mais…

– Hudson…

Jonathan fronça les sourcils et elle eut l'impression qu'il regardait jusqu'au fond de son crâne, peut-être même une centaine de mètres plus loin.

– Parents ?

– Euh, j'ai un père et une mère.

Et un frère, ajouta-t-elle silencieusement.

– Non, je voulais dire, êtes-vous parente d'Henry Hudson, l'explorateur ?

– Oh, sourit Flick, heureuse de partager le patronyme d'un explorateur. Je ne sais pas. Peut-être.

– Peut-être. Autant dire que non, alors. Quelqu'un vous envoie ?

– Non, je me promenais et…

– Je vois. À présent, si vous voulez bien…

Il désigna la porte avec ce qui restait du biscuit qu'il était en train de manger avant de n'en faire qu'une bouchée.

Flick n'était pas du tout prête à bouger.

– Ils servent à quoi, tous ces bagages ?

– Nous sommes une agence de voyages, énonça Jonathan comme s'il parlait à une idiote. La meilleure du monde. Une vieille compagnie familiale.

Elle était sceptique.

– La meilleure du monde ?

– Oui. Nous envoyons les gens là où ils veulent aller. Ce n'est pas donné.

Ah. Ce jeune homme vivait sûrement dans une des maisons cossues qu'elle avait aperçues à l'entrée du village en arrivant la veille. Il avait un « radar à pauvres » intégré. Flick haussa les épaules en essayant d'avoir l'air détaché.

– Je ne m'attendais pas à ce que ça le soit.

– Bon, eh bien ne vous sentez pas obligée de me tenir compagnie.

Elle resta où elle était et se concentra de nouveau sur les valises. Elles étaient vraiment étonnantes.

– Donc vous gardez les bagages des touristes ? Jusqu'à ce qu'ils partent en voyage ?

– Oh non. Ces valises, ce sont les miennes.

– Les vôtres ? Pourquoi il y en a autant ?

Pris de court, Jonathan chercha un mensonge crédible comme des clés dans un sac encombré.

– Elles sont là… pour l'ambiance.

Flick croisa les bras.

Jonathan l'imita, avec beaucoup plus de style.

– Autre chose, mademoiselle ?

Bien sûr, il n'y avait rien d'autre. Mais elle ne partit toujours pas. Elle avança jusqu'à une des plus petites piles de valises et tendit la main vers celle du dessus.

– Ne touchez pas à ça, aboya Jonathan.

– Pourquoi ? demanda-t-elle, résistant à l'envie soudaine d'écrire son prénom dans la poussière qui recouvrait l'objet. Elle est vieille ?

– Elle… oui. Elles sont toutes vieilles. Écoutez, je ne veux pas être désagréable…

Flick fit une grimace incrédule.

– … mais c'est mon commerce et je ne vois vraiment pas comment je peux vous aider.

– J'ai l'impression que c'est plutôt vous qui avez besoin d'aide, laissa-t-elle échapper malgré elle.

Jonathan la fixa, médusé.

– Je vous demande par…

– Vous êtes ici tout seul ? Ou bien vous surveillez le magasin de votre père ?

– Je suis ici tout seul. C'est mon agence de voyages. J'en ai hérité.

– Il ne faut pas avoir dix-huit ans pour pouvoir hériter ?

– *J'ai* dix-huit ans ! s'indigna Jonathan.

– Vraiment ?

Il avait l'air d'avoir à peine deux ans de plus qu'elle. Il était blanc et ses cheveux noirs n'avaient sans doute jamais rencontré de peigne. Il n'était pas très grand et n'avait pas encore de barbe mais, vus de plus près, ses yeux était emplis d'une sorte de vieillesse. Elle avait vu la même dans ceux de sa mère, peu de temps après la naissance de Freddy. Le regard de quelqu'un qui ne dort pas, écrasé par trop de soucis. Il portait une cravate prune sur un costume bleu froissé.

Jonathan se mordit la lèvre.

– Si vous voulez vraiment savoir, j'étais le seul à pouvoir reprendre le magasin. Je ne croule pas sous la famille.

Flick ne sut quoi répondre, se sentant soudain un peu coupable de ses questions.

– Ça fait sens, risqua-t-elle. Je… je suis désolée.

– Pourquoi donc ?

– Eh bien, si vous en avez hérité…

Elle laissa l'implication en suspens. Jonathan garda le silence un moment avant de hocher la tête.

– Merci.

– Ça doit être fatigant de vous occuper de l'endroit tout seul, remarqua Flick, se gardant bien de dire qu'il avait l'air fatigué.

– Je suppose que oui, parfois.

Son cœur battait la chamade. Elle ne voulait pas quitter l'agence et, si elle ne pouvait pas être une cliente…

– Une assistante vous faciliterait la vie !

– Une assistante ? s'étrangla Jonathan. Je n'emploie personne, non, même pas pour un job d'été, et sûrement pas une… une petite fille venue de je ne sais où. Et autre chose…

Les joues de Flick étaient en feu. Elle ne s'attendait pas à un « Oui ! » enthousiaste et à une poignée de main, mais ce garçon semblait prendre plaisir à la rabaisser. Elle fixa le sol pour cacher son visage, se concentrant sur ses chaussures et la cendre qui débordait de la cheminée.

Quelque chose attira son regard. Dans la grille pare-feu étaient coincés des morceaux de verre brisé. Elle s'agenouilla pour les regarder de plus près.

En plein monologue, Jonathan faisait les cent pas autour de son bureau.

– … parfaitement capable de m'occuper seul de cet endroit et, qui plus est, ce n'est pas un environnement pour une enfant. Tu penses peut-être qu'on est devenus « super copains » dans les quatre dernières minutes mais…

Il s'interrompit en voyant Flick se relever, un éclat de verre entre les doigts. Toute la pièce sembla se figer, la poussière elle-même suspendue en l'air.

– D'où ça vient ? demanda-t-elle en observant le débris sous toutes les coutures.

Il était très épais et lisse, plaisant au toucher.

– Fais attention, c'est tranchant.

– J'aime bien sa texture.

Elle le rapprocha pour mieux voir. Dans le triangle de verre, quelque chose étincela. Non : *tout* étincelait.

L'excitation lui coupa le souffle. Elle leva l'éclat devant ses yeux.

Au travers, le monde scintillait, brillait, ondulait. Des gouttes blanc et doré flottaient dans l'air comme de la neige, se déplaçant sans but. Flick leva la main, faisant tourbillonner les particules, qui caressèrent sa peau avant de s'éloigner à nouveau telles des lucioles.

L'ébullition fit place à un doux émerveillement.

– Qu'est-ce que c'est ?

Elle baissa le verre et pivota lentement sur elle-même. Jonathan la regardait, bouche bée.

– Qu'est-ce que tu vois ?

Flick hésita.

– C'est… des paillettes. Des trucs qui brillent. Qu'est-ce que c'est ?

– C'est un secret.

– Un secret ?

Elle regarda de nouveau par la lentille, riant d'extase lorsque des flocons se rassemblaient sur sa main avant de s'envoler. C'était comme attraper de la neige qui ne fondait pas, des paillettes prises dans un courant invisible.

– C'est magnifique.

Dehors, au milieu de l'air scintillant, se trouvait quelque chose de plus grand. Elle s'approcha pour mieux voir.

On aurait dit une fissure dans un rocher invisible ; elle rayonnait, telle de la foudre figée, de la même couleur lunaire que les flocons dans la pièce. L'éclair zigzagant était suspendu en l'air, des particules de lumière allant et venant autour de lui.

Elle abaissa le morceau de verre. Le zigzag disparut. Elle le releva et la ligne réapparut au milieu de la rue, comme une cicatrice déchiquetée. Un homme qui marchait le nez sur son téléphone l'effleura en passant et Flick poussa une exclamation de surprise : l'éclair avait émis un flash plus brillant encore pendant une seconde, avant de retrouver une lumière douce. Le passant semblait ne s'être rendu compte de rien.

Flick se tourna vers Jonathan.

– Il y a quelque chose dehors.

Une extraterrestre aurait traversé son plafond, Jonathan n'aurait pas eu l'air plus surpris. Finalement il ferma la bouche, se secoua et demanda :

– Dehors ? Encore des « trucs qui brillent » ?

– Non. Enfin, si, il y en a plein, mais aussi autre chose. Ça ressemble à un éclair. Une fissure. Une fissure éclatante.

À ces mots, Jonathan faillit tomber, ses jambes ayant apparemment oublié de le soutenir. Il s'appuya au bureau et inspira profondément.

– Une fissure ? Dans l'air ? demanda-t-il d'une voix étranglée.

Flick hocha la tête, l'euphorie faisant place au doute.

– Juste là. Dans la rue.

Jonathan déglutit. Il s'approcha de la fenêtre et fouilla dans sa poche pour en sortir une toute petite loupe qu'il positionna devant ses lunettes.

– Juste là, tu dis ?

– Oui, au-dessus de la bouche d'égout.

Les nerfs en feu, Flick le regardait déplacer la lentille de droite à gauche.

Enfin, il l'abaissa avec une expression neutre.

– Cet éclat vient d'un objet rare, malheureusement brisé. On échange ?

Elle lui passa le morceau de verre et il posa la loupe dans sa main. Elle avait la taille d'un jouet Kinder. La poignée était en écaille sertie de cuivre. La lentille était à la fois brillante et voilée, sans la moindre rayure.

– Vois si ça marche mieux.

– C'est toujours là, dit-elle en regardant dehors à travers la loupe.

Jonathan, l'air pensif, garda le silence un moment.

– Tu aperçois vraiment quelque chose dans la rue ?

– Oui, répondit Flick, qui commençait à perdre patience. Qu'est-ce que c'est ?

Le jeune homme reprit le minuscule instrument, les yeux perdus dans le vague.

– Tu as la Vision.

Il secoua la tête, sortant de ses pensées.

– Qui es-tu ? D'où viens-tu ?

– Je suis Felicity Hudson. Comme je vous ai déjà dit, on vient d'emménager par ici, dans le nouveau lotissement. Qu'est-ce qu'il y a ? Cette fissure est importante ?

Jonathan hocha la tête, semblant avoir pris une décision.

– Fais-moi confiance, rien qui vaille la peine de s'inquiéter.

Il lui tendit la main.

– Je... je ne pense pas m'être correctement présenté. Je m'appelle Jonathan Mercator. C'est un plaisir immense de te rencontrer, Felicity, vraiment.

– Enchantée aussi.

– Absolument, dit-il en gardant la main de la fillette dans la sienne. Tu es... Eh bien, tu es...

Elle le fixa.

– Tu es merveilleuse. Je suis désolé, je ne m'en sors pas très bien. Je n'ai jamais eu à accueillir un nouveau membre. Je n'ai jamais pensé... Il y a plein de formalités à accomplir, tu vois. Des choses à te donner, à te montrer, et...

– Qu'est-ce que vous voulez dire ?

Jonathan fit un pas en arrière et ouvrit les bras, comme s'il voulait lui offrir tout le magasin.

– Bienvenue, annonça-t-il avec un grand sourire, dans la Société Mondétranges.

4

– La Société *quoi* ? Tu te fiches de moi ? C'est pour YouTube ?

– Je te promets que ce n'est pas une blague, protesta Jonathan, l'air outré. Pas du tout. S'il te plaît, laisse-moi t'expliquer.

Il lui désigna l'un des fauteuils et s'assit lui-même dans l'autre.

– Tu as vu des choses qui scintillaient en regardant dans la lentille, n'est-ce pas ?

– Oui. Partout. Qu'est-ce que c'est, un filtre ? demanda Flick, qui vibrait d'excitation, les ongles enfoncés dans le coussin de son siège.

– Le verre ne crée pas les paillettes. Elles sont déjà dans l'air. Il ne fait que révéler ce qui est là.

– Ce qui est là ?

– La magie, bien sûr.

Elle éclata de rire. Le garçon l'observa patiemment, attendant qu'elle ait fini avant de hausser les épaules.

– Tu ne crois pas à la magie.

Ce n'était pas une question. Ses yeux étincelaient derrière ses lunettes. Flick se sentit tout de suite coupable d'avoir ri.

– La magie n'existe pas. Je ne suis pas une gamine. Tu peux me dire la vérité, tu sais.

– En fait, c'est généralement aux adultes qu'il faut mentir. On t'a dit que la magie n'existait pas car c'est ce que croient la plupart des gens. Mais je peux t'assurer qu'elle est tout à fait réelle. C'est ce que tu as vu à travers la loupe.

Flick eut l'impression que le sol se dérobait sous ses pieds. Elle secoua la tête.

– Si elle existait, tout le monde le saurait. Tout le monde connaîtrait ces loupes. On les verrait à la télé.

– « Tout le monde » ne peut pas s'en servir.

Jonathan sortit le petit instrument et le fit tournoyer entre ses doigts.

– Tu vois, n'importe qui peut entrer dans cette agence de voyages. J'ouvre à neuf heures et je ferme à cinq heures. Seulement tout le monde ne peut pas devenir membre de la Société Mondétranges.

– Que fait cette société ?

– Nous voyageons.

– Oh. Alors c'est à ça que servent les valises ? Ce sont vraiment les bagages des gens ? Mais qu'est-ce que ça a à voir avec, hum, la magie ?

Malgré son intérêt poli, elle commençait à se demander si le garçon avait toute sa tête. Elle jeta un coup d'œil à la porte, tentée de se lever et de partir. Dire le mot « magie » tout haut la mettait déjà mal à l'aise.

Jonathan tapota une valise à côté de lui.

– Tu as vu de la magie dans cette pièce, non ? C'est parce que ces bagages sont magiques.

– Magiques ?

– Tout à fait. L'agence de voyages Mondétranges ne t'envoie pas à la plage ni dans aucun endroit atteignable par des moyens de transport classiques. Nous t'envoyons dans d'autres mondes.

Flick se fit violence pour ne pas éclater de rire à nouveau.

– D'autres mondes, répéta-t-elle.

– Oui. Chacune de ces valises possède le pouvoir de t'envoyer dans un monde différent.

– C'est ça, bien sûr.

Elle observa le mur de casiers.

– Il en manque une.

– Oui. Elle est… utilisée en ce moment.

Elle scruta son visage. Il avait l'air complètement sérieux. Elle mourait d'envie de le croire, pourtant…

– Tu fais semblant, c'est ça ?

– Ce n'est pas un jeu, Felicity. Regarde par la loupe si tu veux. Tu es trop intelligente pour ne pas croire tes propres yeux.

– Mais la magie n'existe pas !

– Pour qui ?

– Pour tout le monde !

La fillette croisa les bras. Elle n'allait pas laisser ce garçon se moquer d'elle.

– Je ne suis pas stupide et je ne suis pas un bébé. Je ne crois pas aux valises magiques. Ou à d'autres mondes. Je ne sais pas ce que montrent ces morceaux de verre, mais ce n'est pas de la magie. Il y a un truc. Comme quand un magicien tire une pièce de derrière ton oreille ou un lapin d'un chapeau.

Jonathan sourit de toutes ses dents.

– Je vois que tu es experte en la matière, je ne vais donc rien te cacher. Considérons le tour du lapin tiré du chapeau. À ton avis, d'où vient le lapin ?

– Du chapeau.

– Mais comment y entre-t-il ?

Elle hésita.

– Je suppose que… quelqu'un le met dedans ? Ou bien il est dans la poche du magicien ? Quelque chose comme ça ?

– Quelque chose comme ça, approuva Jonathan en hochant la tête.

Il se leva et ouvrit la porte du casier situé sous les tiroirs du bureau. Lorsqu'il se redressa, il tenait à la main un vieux haut-de-forme.

– Qu'est-ce que c'est ?

– Un chapeau de magicien, évidemment. Mon grand-père l'avait trouvé dans l'arrière-boutique. Il mettait du beurre dans les épinards en animant des anniversaires. Mais ça s'est arrêté le jour où un gamin a fourré son bras dans le chapeau laissé sans surveillance. Voyons voir…

Jonathan posa le couvre-chef à l'envers sur le bureau et, d'un geste théâtral, plongea la main dedans. Puis son avant-bras, puis le bras jusqu'à l'épaule.

Flick laissa échapper une exclamation de surprise.

Jonathan fouilla le chapeau un moment, puis en ressortit bredouille.

– Ce doit être un jour sans lapin.

Il jeta un regard courroucé au haut-de-forme.

Flick bondit de sa chaise, le corps entier parcouru de frissons.

– Comment… comment as-tu fait ça ? Tu y as mis ton bras entier !

Il leva les sourcils.

– Comment crois-tu que j'ai fait ?

– Il y a un truc. Une trappe sur le bureau.

Il lui lança le chapeau.

– Tu n'as qu'à essayer.

Elle y plongea la main, cherchant à tâtons le fond et sa partie escamotable.

Elle ne rencontra que du vide. Son bras disparaissait jusqu'à l'épaule et pourtant sa main ne ressortait pas de l'autre côté. Ses doigts caressèrent une texture douce et piquante à la fois. Elle balança le chapeau avec un petit cri.

– Il y a quelque chose là-dedans !

– Ce n'est que de l'herbe, la rassura Jonathan en ramassant le haut-de-forme. La nourriture des lapins, je suppose.

Flick observa le haut-de-forme. Poussiéreux, un ruban de velours vert passé au-dessus du bord, il semblait plus qu'ordinaire. Mais… elle se souvint des flocons scintillants que Jonathan avait appelés « magie ».

C'est réel, affirma une voix en elle. *C'est vraiment, réellement réel.*

Flick ne savait pas si elle devait rire ou pleurer. Elle se sentait au bord de l'hystérie. Elle jeta un coup d'œil dans le couvre-chef, s'attendant presque à en voir sortir de longues oreilles et des moustaches.

– Tu es en train de me dire que des lapins vivent dans ce chapeau ?

– Ne sois pas absurde. Bien sûr qu'ils ne vivent pas « dans » le chapeau. Fais marcher ta cervelle.

– Il *mène* quelque part ?

– Oui, si on veut. Et il n'est pas le seul. Chacune de ces valises est une porte vers un monde différent.

La bulle d'excitation qui gonflait dans la poitrine de Flick explosa. Elle agrippa le dossier d'un des fauteuils de peur que ses jambes ne se dérobent sous elle.

– Les valises t'emmènent ailleurs ? Comment ?

– Il suffit d'entrer dedans.

L'incrédulité fit place à la curiosité et Flick se précipita vers le mur de valises. *Elles nous emmènent ailleurs ?*

– Et tu entres dans… dans… dans une autre dimension ?

Elle caressa une poignée du bout des doigts.

– Bien sûr que non, railla Jonathan. Tu entres dans d'autres mondes du Multivers.

– Du Multivers. Pas de l'Univers ?

– Tout à fait. Dans chaque valise se trouve un schisme – une déchirure dans la trame de la réalité – qui sert de portail liant notre monde à un autre.

Il replongea le bras dans le chapeau. Cette fois, il le ressortit presque aussitôt en levant les sourcils.

Dans sa main, soulevé par la peau du cou, un lapin blanc à l'air désorienté mâchonnait un pissenlit.

– Tadaaa ! s'exclama fièrement Jonathan. Je te l'avais bien dit !

5

Après avoir rendu le lapin à sa prairie chapelière, Jonathan se dirigea vers la bouilloire pendant que Flick s'écroulait dans l'un des fauteuils, le cerveau lancé à cent à l'heure pour tenter d'assimiler les derniers événements. Un millier de questions tourbillonnaient dans sa tête, sur une bande-son constituée d'une seule phrase : *La magie existe*.

Elle essayait encore de se faire à cette idée lorsque le jeune homme lui présenta une tasse de thé accompagnée de biscuits rose fluo.

– Pour le choc.

Elle avala quelques gorgées de thé amer en regardant autour d'elle. Cette agence d'apparence si ordinaire dissimulait un tel secret ! Un secret qui était maintenant sien, comme un objet précieux caché dans sa poche.

– Bon, dit-elle enfin.

– Bon, répondit Jonathan en se posant dans le fauteuil opposé.

– Ces valises sont remplies d'autres mondes ?

En disant ça tout haut, elle faillit éclater d'un rire nerveux, mais le garçon était tout ce qu'il y a de plus sérieux.

– Oui. En tant que Conservateur en Chef, c'est ma responsabilité de veiller sur elles.

– Toi tout seul ? Je croyais qu'il y avait une société ?

– Oh, il y en a une. Mais un seul Conservateur en Chef. Je m'assure que les membres de la Société se comportent comme ils le doivent.

– C'est-à-dire ?

– *Respecter tous les mondes en prenant en compte les lois et pratiques de leur domaine et du nôtre*, récita-t-il. C'est un bout du serment que prêtent les nouveaux membres.

Flick le fixa.

– Et ça veut dire quoi ?

– Que les membres promettent de protéger tous les mondes qu'ils visitent aussi bien que celui-ci. Ainsi que de respecter les règles et les lois quel que soit l'endroit où ils voyagent.

Elle pointa du doigt les photos accrochées au mur.

– C'étaient tous des membres de la Société Mondétranges ?

– Oui, certains des premiers. La Société existe depuis cent quarante-sept ans, tu sais.

Elle contempla les personnes portant des bottes de marche, des bonnets en laine et des manteaux imperméables.

– On dirait des explorateurs.

– Ce sont des explorateurs. Je veux dire, c'étaient. Il y a des centaines de valises ici, et donc des centaines de mondes. Ils ont tous besoin d'être surveillés. Ce mur rend hommage à quelques-uns de nos membres les plus courageux. Ils ont découvert des mondes, vécu des aventures…

– Des aventures ?

– De nombreuses aventures.

Elle but une gorgée de son thé. *Des aventures…* Elle songea à la mappemonde sur son mur, dont elle ne connaissait qu'un seul pays, et un désir brûlant lui fit resserrer la main sur sa tasse.

Jonathan interrompit sa réflexion :

– J'aimerais lire dans tes pensées. Je n'arrive pas à savoir si tu prévois de prendre tes jambes à ton cou, ou bien… ?

La fillette posa sa tasse.

– Je ne sais pas.

Le visage du garçon s'assombrit.

– Écoute, c'est complètement fou. Et, si c'est vrai, ça change tout, non ?

Après un silence, elle continua :

– Tout le monde n'est pas capable de voir ces paillettes à travers les loupes, n'est-ce pas ?

– C'est vrai.

– Mais moi oui.

Elle regarda ses mains, qui un peu plus tôt avaient caressé des flocons scintillants.

– Qu'est-ce que ça veut dire ?

– Ça veut dire que tu es spéciale, Felicity. Douée de magie, comme moi. Comme tous ceux qui sont représentés sur ces photos. Tu es l'une d'entre nous. Tu es membre de la Société Mondétranges. Ou tu pourrais l'être. Si tu le désirais.

Flick déglutit. Elle commençait à être saturée d'informations nouvelles.

– Je suis obligée ? Qu'est-ce qui se passerait si je prenais mes jambes à mon cou, comme tu dis ?

Jonathan fit la grimace.

– Je serais déçu. Cela fait une éternité que personne n'a vu de magie en entrant ici. Je commençais à penser que j'étais le dernier.

Elle se mordit la lèvre pour ne pas sourire. Elle était spéciale. Quelle sensation exaltante ! Elle voulait tout savoir : quels étaient ses pouvoirs, comment marchaient les valises. Les questions se bousculaient tant, elle ne parvint qu'à dire :

– C'est tellement bizarre.

Jonathan leva les sourcils.

– Bizarre, et alors ? Tu préférerais une vie normale ? À quoi ça ressemblerait ? Faire la vaisselle ? Aller faire les courses ? Regarder la télévision ? Faire un boulot que tu détestes et t'endormir sur le canapé à la fin de la journée, sans jamais réaliser la moitié de tes rêves ?

Flick rougit.

– Non, dit-elle doucement. Non, ça, je connais déjà.

Jonathan lui lança un regard indéchiffrable. Il se leva pour se diriger vers la bibliothèque, où il sélectionna un livre assez abîmé à la couverture de cuir.

– Tiens, je veux te prêter ceci. Ne fais pas attention à son état, il est très vieux.

– Qu'est-ce que c'est ?

Elle l'ouvrit. Une page au titre enluminé l'intrigua.

– *Étude des spécificités se rapportant à la Société Mondétranges*.

– C'est ça.

– Étude des spécificités ? Qu'est-ce que ça veut dire ?

Elle tourna quelques pages. Le livre était rempli de textes, cartes et diagrammes, avec parfois des notes manuscrites dans la marge.

– C'est un guide de la Société Mondétranges, de l'agence de voyages, des valises et de la magie. Il était très mince, au début. Regarde.

Il tourna les pages avec soin pour revenir en arrière. Flick vit qu'il y avait une section très différente : un fin volume jauni par le temps, fixé dans la nouvelle couverture en cuir par de la colle épaisse.

– Les membres de la Société l'ont enrichi en le mettant à jour au fur et à mesure que leur nombre et leurs responsabilités augmentaient. Tu devras le lire pour devenir membre de la Société.

Elle contemplait le livre entre ses mains sans savoir quoi faire, et cela la déroutait. Choisir de faire partie de quelque chose qu'elle ne comprenait pas vraiment s'avérait plus compliqué que de résoudre un de ses chers problèmes de maths.

Le garçon sembla deviner son hésitation.

– Je pense que ni toi ni moi ne souhaitons que tu « prennes tes jambes à ton cou »…

– Mais…

– Je pourrais te montrer ce qu'il y a *dans* les valises, Felicity, continua Jonathan d'une voix douce. Tu voyagerais vers des endroits qui dépassent ton imagination, découvrirais des mondes aux confins du Multivers. Tu regarderais des soleils bleus se lever sur des montagnes de verre rouge, étudierais des fleurs hautes comme des maisons, entendrais le craquement du sol quand les dragons éclosent au fin fond des cavernes, ressentirais la chaleur émise par la mort d'une étoile à proximité de ton vaisseau. Tu pourrais voir tout ça, Felicity. Et plus encore.

Il ouvrit les bras.

– Tu as quelque chose, Felicity. Je suis heureux de t'avoir rencontrée, même si cette amitié doit s'arrêter aujourd'hui.

Flick serra le livre dans ses bras. Tout cela était fou. Elle voulait voyager, certes, mais elle avait pensé commencer par la France, ou peut-être l'Espagne. L'idée d'explorer d'autres mondes était ridicule. Qui plus est, elle n'avait pas le temps. Elle devait aider ses parents à arranger la maison, s'occuper de Freddy, se préparer pour la rentrée…

Non.

Elle secoua la tête. Tout ça, c'était ce que ses parents attendaient d'elle, pas ses désirs propres.

Qu'est-ce que ça ferait, de contempler un soleil bleu se lever sur une montagne de verre rouge ? Une étincelle s'alluma dans son ventre, comme si la magie qui flottait dans l'air pénétrait dans son corps.

– Donc… qu'est-ce qui se passe si je reviens ?

– Je te montrerai de quoi la magie est vraiment capable.

Flick se leva, le livre toujours entre les mains.

– Je vais y réfléchir.

– S'il te plaît, répondit Jonathan.

Elle hocha la tête et sortit sans se retourner, la porte se refermant derrière elle avec un claquement lourd.

Elle se retrouva sur le trottoir. Le bruit de la rue, la rumeur de la foule et de la vie active s'écrasèrent contre elle telle une vague contre un bateau.

Elle fit volte-face pour contempler l'agence de voyages, ses valises à peine visibles à travers la vitrine, puis le livre entre ses mains.

C'était comme si elle était déjà entrée dans un nouveau monde.

6

Étude des Spécificités

Se rapportant à la Société Mondétranges

Un traité de règles et régulations exposées
par les membres fondateurs,
Mademoiselle Elara Mercator
et Monsieur Henry L'Estrange des Petites Vouivres,
dans le comté de Nottinghamshire

UNE LISTE DE FAITS IMPORTANTS À CONSIDÉRER ET DE STANDARDS À MAINTENIR LORS DE VOS VOYAGES EN TANT QUE MEMBRE DE LA SOCIÉTÉ MONDÉTRANGES

Prise par ses obligations familiales, Flick dut patienter des heures avant de pouvoir s'isoler dans sa chambre avec le précieux volume. Enfin, ses yeux parcoururent la première page.

BIENVENUE, VOYAGEUR,
CAR VOUS ÊTES ENTOURÉ D'AMIS.

La Société Mondétranges est une organisation établie et maintenue dans le but d'explorer et de préserver de nouveaux mondes. La responsabilité qui nous incombe est explicitée dans le serment ci-dessous, qui doit être prêté par chaque nouveau membre, une fois la preuve de sa Vision établie :

> *Je soussigné(e) [nom du candidat] jure par la présente de servir la Société Mondétranges. Je garderai ses secrets et me comporterai de manière exemplaire envers une variété de mondes, en accord avec nos lois et celles qui les régissent. Je cartographierai, respecterai et protégerai les nouveaux mondes sans peur, favoritisme, rancœur ni affection.*

Être un Conservateur de nouveaux mondes est un devoir et un privilège très rarement accordé, une chance offerte uniquement à ceux qui ont prouvé qu'ils avaient la capacité de voir la magie à travers les loupes en possession des membres existants. Les voyageurs ont l'obligation de compiler les faits et caractéristiques des mondes afin de renseigner leurs collègues sociétaires.

Flick tourna la page. Il y avait tout un paragraphe sur les schismes, qu'elle s'empressa de dévorer. Elle y découvrit que :

1. *Les schismes sont des portails vers d'autres mondes, que les membres de la Société cherchent à explorer sans interférer.*
2. *Ils sont vivants et se nourrissent de magie. Techniquement, ils sont comme des blessures dans la peau du monde, qui finissent par cicatriser si on les laisse tranquilles.*
3. *Ils peuvent être contenus (dans des valises, par exemple). Une fois contenus, ils entrent « en sommeil ». À ce jour, la seule personne connue capable de les transférer dans un contenant est la créatrice de la Société, Elara Mercator, qui en a installé une bonne centaine dans des valises de son vivant.*
4. *Ils sont connus et utilisés par d'autres, en dehors des membres de la Société. Des êtres venant d'autres mondes voyagent également à travers ces portails, animés de desseins pas toujours bienveillants qu'ils mènent à bien grâce à leur redoutable magie. Le devoir des membres de la Société est, en plus de documenter les différents mondes, de les protéger.*

Flick n'en menait pas large. Le mot « redoutable » lui semblait menaçant, dangereux. Prise d'anxiété, elle tourna quelques pages, essayant de mettre de la distance entre elle et ces êtres mystérieux. Elle voulait également en savoir plus sur Elara Mercator, mais il ne semblait pas y avoir de paragraphe dédié à la fondatrice de la Société.

Par contre, le livre parlait de la « Vision magique », c'est-à-dire la capacité de voir la magie à travers les loupes (toutes fabriquées également par Elara Mercator). Apparemment, très peu de gens avaient ce pouvoir héréditaire. Il avait depuis toujours sa place dans le folklore, notamment en Islande, où les voyants regardaient à travers des pierres percées pour révéler ce qu'ils appelaient les « Invisibles ». Les loupes de la Société avaient remplacé ces superstitions, mais il était possible que ces anciens aient eu connaissance des schismes.

Flick se demanda si ces Invisibles existaient réellement ou n'étaient que des personnages de légende. La perspective d'en rencontrer un lui donnait des sueurs froides. Elle revoyait la cicatrice brillante suspendue en l'air, et la poussière pailletée flottant autour d'elle. Rien de tout cela ne l'avait effrayée, au contraire, elle s'était sentie plus calme, satisfaite, comme lorsqu'elle résolvait un problème de maths. Mais les mises en garde du livre émoussaient un peu son enthousiasme.

Elle retourna à la première page. *Bienvenue, voyageur, car vous êtes entouré d'amis.* C'était elle, la voyageuse. Ou en tout cas, elle pourrait l'être.

Elle leva les yeux vers la carte du monde, au-dessus de son lit. Et, malgré la peur, malgré l'incertitude, la punaise solitaire piquée dans le Royaume-Uni finit de la décider. Elle deviendrait une voyageuse entre les mondes.

7

– Tu es revenue, s'étonna Jonathan, levant le nez de son balai pour lui sourire de toutes ses dents lorsqu'elle entra dans la boutique le jour suivant.

Flick referma la porte derrière elle. Il avait été facile de s'échapper. Ses parents travaillaient et Freddy était à la crèche. Dès que le bus de sa mère avait disparu au coin de la rue, elle s'était précipitée vers le village. Son sac à dos était bien rempli : l'*Étude des spécificités* y côtoyait une banane, une bouteille d'eau, une boîte de pansements, une paire de chaussettes et un pantalon de rechange. Si elle devait voyager aujourd'hui, elle voulait y être préparée.

– Oui. C'est du sable que tu balayes ? Ça vient de la plage ?

Les grains crissèrent sous ses Converse violettes.

– Mon Dieu non, plutôt du désert. Certaines personnes ne prennent même pas la peine de secouer leurs bottes avant de revenir.

Il rangea son balai en poussant un soupir découragé.

– J'ai lu le livre, hasarda Flick.

– Et ?

Dans le silence qui suivit, l'agence sembla suspendre son souffle. Le plafond grinça. Elle respira un grand coup.

– Je veux voyager.

Sans dire un mot, Jonathan se dirigea vers le mur de valises et en attrapa une. Elle était bleu foncé, avec un bord violet.

– Ce n'est pas un mauvais endroit pour commencer.

– On y va maintenant ? s'exclama Flick, sentant fondre son courage devant la rapidité des événements. Là tout de suite ?

Il posa la valise.

– Ce n'est pas dangereux, promit-il.

Il allait ouvrir la valise quand il se rendit compte qu'elle était à l'envers.

– Ça commence bien, marmonna-t-il en levant les yeux au ciel.

Malgré les papillons voltigeant dans son ventre, Flick esquissa un sourire. Jonathan appuya sur les fermoirs, qui s'ouvrirent d'un coup. Une vague de fraîcheur s'échappa de la valise, comme si on avait soudain ouvert une fenêtre dans la boutique.

Une lumière rose tourbillonna hors du bagage. Elle ressemblait aux reflets de l'agate de Flick ; un sentiment familier et étrange à la fois, comme de voir son image dans le miroir bouger une demi-seconde trop tard.

– N'aie pas peur, intervint Jonathan.

– Alors, comment est-ce que j'y entre ? Je saute ?

– *Nous* y entrons, simplement. Un pied après l'autre. Et garde les yeux ouverts, même si tu as la tête qui tourne.

– D'accord. Ça a l'air facile… ce qui signifie que c'est sûrement incroyablement difficile.

– Tout ira très bien. Ne réfléchis pas trop. Quand tu seras de l'autre côté, ne t'éloigne pas. Vas-y en premier, je te suis.

Flick hocha la tête, resserra les bretelles de son sac à dos et fit un pas en avant dans la valise.

Le monde pivota sur son axe.

C'était comme si elle descendait dans la valise et en remontait simultanément. Elle sentait des odeurs d'arbres et de forêt mais elle entendait toujours Jonathan à l'agence, et elle pouvait voir les deux endroits…

Une main la poussa doucement dans le dos, et elle fit un pas. Cette fois ses jambes entraient et sortaient de la valise en même temps, et tout se dédoubla : deux valises, deux Flick, deux mondes…

Elle était debout.

Seule dans un autre monde.

8

Flick se trouvait dans une forêt magnifique ne ressemblant à rien de ce qu'elle connaissait.

La chaleur tropicale était saturée d'humidité. À travers les larges feuilles violettes de la canopée elle apercevait le bleu du ciel, si profond qu'il était presque noir. Pourtant, il ne faisait pas nuit.

Elle était debout, non sur la terre mais sur une branche appartenant à un arbre immense. Dessous, les branchages de la forêt s'entremêlaient, chaque ramification aussi large qu'un trottoir.

Le sol était peut-être à des centaines de mètres plus bas.

Sur les troncs énormes qui s'élevaient au milieu de cet entrelacs de bois, en lieu et place de mousse ou de lichen, de petits cristaux luisaient. Certains n'étaient pas plus gros qu'un grain de sable ; d'autres, longs comme des crayons, se dressaient en scintillant délicatement.

Flick laissa échapper un rire émerveillé. Elle tendit la main et les cristaux intensifièrent leur lueur, visiblement ravis de lui offrir ce spectacle. Ils étaient frais et lisses sous ses doigts.

Un sifflement doux la fit se retourner. Un oiseau de la grosseur d'une pie la regardait. Sa queue, composée de plumes violet et or aussi longues que Flick était grande, étincelait tel du cristal.

Jonathan sortit de la valise en se dépliant comme une chaise longue bien habillée.

– Oh, ça n'a pas trop changé.

Avec un cri strident, l'oiseau s'envola et passa au-dessus de leurs têtes avant de disparaître parmi les branches tarabiscotées. La couleur des cristaux vira au pourpre.

– On est dans un autre monde. On est vraiment dans un autre monde, tu me l'avais bien dit. Où… où sommes-nous ?

– Je ne sais pas si elle a un nom, mais je l'appelle la Forêt de Cristal.

À ces mots, la couleur des quartz passa au rose : ils approuvaient.

Flick caressa une feuille de la taille d'une table.

– Quelle heure est-il ? C'est la nuit ?

– Tu te souviens des pendules, à l'agence ? Chacune correspond à l'heure d'un monde différent. Ma montre est toujours à l'heure de chez nous.

Il la lui présenta, et elle remarqua que la grande aiguille avançait plus vite que la normale.

– Ici, le temps s'écoule plus lentement que chez nous : une minute ici équivaut à un quart d'heure là-bas. Garder un œil sur sa montre est très important, pour éviter de disparaître plusieurs jours sans s'en rendre compte.

– Tous les mondes sont plus lents que le nôtre ?

– Oh non, certains sont pareils, beaucoup sont plus rapides.

Les feuilles les entouraient comme un cocon.

– Alors… tes impressions ?

– C'est magnifique. C'est si…

Elle ne savait pas quoi dire. Elle se sentait enveloppée par ce nouvel environnement prodigieux et accueillant. Des odeurs de serre flottaient au milieu des chants d'oiseaux. L'obscurité lui murmurait des histoires de mystères, d'aventures secrètes.

Soudain, Flick éclata de rire.

– Je suis dans un autre monde ! s'exclama-t-elle en tournoyant sur elle-même.

Elle craignait d'exploser de joie. Elle ne se rappelait pas la dernière fois où elle s'était sentie si heureuse.

– C'est vraiment réel !

– Aussi réel que toi et moi. Alors, avant d'aller où que ce soit, je dois te montrer quelque chose d'important.

Il s'agenouilla devant la valise.

– Plonge la main dedans.

Flick obéit, tâtonnant dans le vide avant d'effleurer une surface en bois lisse.

– C'est le plancher de l'agence ?

Il était très étrange de toucher son propre monde depuis un autre.

– Oui. Maintenant, un peu plus à droite… en arrière… Voilà !

– La poignée ? Mais comment est-ce que la poignée peut…

– Attrape-la et tire. Tout de suite !

Elle s'exécuta. Agrippée à la poignée, sa main revint dans la Forêt de Cristal. La valise, retournée comme une chaussette et remise simultanément à l'endroit, fut entraînée dans le nouveau monde avec un grand CLAC. Elle se referma d'un coup sec et Flick se releva en souriant, un peu ahurie, la valise à la main.

– Tu vois ? sourit Jonathan. Trop facile.

– Et… c'est par là qu'on est passés ? interrogea Flick en la posant.

– Oui, et on passera par là pour rentrer, dit-il en attrapant la poignée. Imagine que c'est un couloir entre deux portes. En tirant la valise avec nous de ce côté, c'est comme si on avait fermé l'une des portes. Donc personne ne peut nous suivre, tu vois ?

Le cerveau de Flick était en surchauffe.

– On aurait pu la laisser à Mondétranges, alors ?

– Exact. Sauf que je n'aime pas savoir que ma valise est dans deux endroits à la fois quand je voyage. Je préfère jouer la sécurité en la tirant de mon côté.

– Mais comment peut-elle être ici, puisque ce monde était à l'intérieur ? Qu'est-ce qui se passe si quelqu'un s'assoit dessus ?

– Franchement, Felicity, si tu veux de la logique, tu t'es trompée d'endroit. Tiens, prends ça.

Il lui passa la loupe qu'elle avait essayée la veille.

– Vas-y.

Elle leva le petit objet devant ses yeux.

L'obscurité du monde de cristal explosa en un kaléidoscope de teintes flottantes. Chaque pierre étincelait, des arcs-en-ciel à facettes. Les arbres sombres semblaient plus présents, de la lumière liquide se déversant de leurs feuilles pour se mêler aux couleurs qui jaillissaient de partout.

– C'est sublime, murmura Flick, le visage rayonnant de joie. Tu peux voir ça ?

– Je pourrais si j'utilisais cet instrument. Cette loupe a été fabriquée avec ces cristaux. Elle réagit à leur contact. C'est comme si elle rentrait à la maison… Cet endroit déborde de magie.

– Je vois autre chose…

Au milieu des branches, trop éloignée pour l'atteindre mais visible, une ligne aussi longue qu'un bras et aussi fine que la lame d'un couteau scintillait. Sa lumière était si attirante que Flick eut du mal à rester immobile sur sa branche.

Jonathan suivit son regard.

– Qu'est-ce que tu vois ?

– Quelque chose qui ressemble à la fissure dans la rue.

Elle se souvint de ce qu'elle avait lu.

– C'est un schisme, c'est ça ? Un portail vers un autre monde ?

– Oui, comme ceux des valises. Ce sont des endroits où les frontières entre les mondes sont ténues.

– Assez pour qu'on les traverse ?

L'expression de Jonathan s'assombrit d'un coup.

– Absolument pas. Tu ne peux pas utiliser un schisme pour voyager s'il n'est pas contenu dans une valise. C'est plus qu'interdit ! Il est presque certain que cela te tuerait.

Involontairement, Flick fit un pas en arrière, se cognant dans une branche.

– Ça me tuerait ? Pourquoi ? Comment ?

– Les schismes sont des blessures dans la peau du Multivers, des plaies là où des mondes sont entrés en collision. Pour qu'une plaie guérisse, elle doit saigner puis cicatriser. Les schismes guérissent de la même façon. Très lentement, ils absorbent la magie de leur environnement pour cicatriser et se refermer. Si on les laisse tranquilles, ils sont inoffensifs.

– Mais ce n'est pas tout, n'est-ce pas ?

– Si tu essayais de traverser un schisme, il absorberait pour se guérir jusqu'à la dernière goutte de magie qui te constitue.

– C'est… horrible, souffla Flick en frissonnant.

– Ils ne sont pas délibérément malfaisants, ce sont juste des éponges. Ils absorbent la magie avec laquelle ils rentrent en contact, et les êtres vivants en ont beaucoup. Si tu tentais la traversée, le schisme se refermerait et tu disparaîtrais.

– Morte ?

– Pas seulement morte. Entièrement effacée. Tes atomes, tout ce qui te constitue, tout ce qui nourrit tes souvenirs se volatiliseraient. Il ne resterait rien de toi. Juste un vide dans le Multivers, à ta place.

Un silence glaçant suivit ces mots.

– Pourtant j'ai vu un homme dans la rue frôler celui d'hier, protesta-t-elle après quelques instants. Il n'a pas… disparu. La faille brillait juste plus fort après qu'il l'eut touchée.

– Il y a une différence entre toucher un schisme et le franchir. La magie ne répond pas au hasard. Quels que soient les schismes, ils connaissent nos intentions. Et tenter d'en traverser un, c'est flirter avec la catastrophe.

Flick déglutit.

– Il y en a qui ont essayé, donc ?

– Oui. C'est arrivé.

Elle contempla la forêt alentour.

– Alors c'est ça que fait l'agence ? Elle emmène les gens dans d'autres mondes ?

– C'est ça et bien plus encore. Faire partie de l'agence Mondétranges, c'est veiller sur tous ces mondes et sur les connexions entre eux. Nous sommes des Gardiens. Des Cartographes.

– Des cartographes ?

– Des dessinateurs de cartes. Nous traçons des itinéraires à travers les valises. Personne ne veut perdre son chemin.

– Ça peut arriver ?

– Pas si tu as toujours ta valise à la main. Ne perdez pas vos bagages.

Il lui fit un clin d'œil. Elle eut envie de lui prendre la valise, juste pour s'assurer qu'elle était en sécurité.

– Tu dis que vous devez veiller sur les autres mondes. Qu'est-ce que ça signifie ?

– Je ne sais que ce que mon père m'a dit. Il y a un équilibre entre schismes et magie. Au même titre que deux poids sur une balance. Dans la plupart des mondes, les poids sont égaux ou légèrement en faveur de la magie. Mais il est arrivé que certaines personnes en prennent plus qu'elles n'auraient dû.

– Prennent quoi ?

– De la magie. Comme toutes les énergies, elle peut être utilisée. Et elle peut être épuisée.

– Qu'est-ce qui se passe alors ?

– L'effondrement du monde en question.

Flick n'avait pas besoin de demander ce que ça voulait dire. Elle avait mal au cœur rien que d'y penser.

– Vous ne pouvez pas les arrêter ?

– Comment arrêter quelqu'un dont l'avidité détruit son propre monde ? Si tu ne peux pas les convaincre qu'ils font du mal, la seule solution serait l'action directe. Dans un de nos livres, on parle d'un membre qui avait enfermé l'un de ces criminels dans une valise. Une façon de régler le problème à la source. Tu imagines ce qui arriverait si ces bagages tombaient entre de mauvaises mains ? Le genre de carnage qu'une créature rapportée malencontreusement pourrait engendrer ? Ou une arme ? Ou une personne ?

Il frissonna. Flick déglutit.

– C'est…

– Ce type de mesure draconienne n'a pas été utilisé depuis de nombreuses années, s'empressa d'ajouter Jonathan. Sans doute la raison pour laquelle la Société Mondétranges est devenue presque obsolète. Autrefois, il y avait des dizaines de membres qui travaillaient pour l'agence, aidaient à cartographier les mondes et leurs connexions, mesuraient le flot de magie à travers les schismes. Mais les choses ont changé. Ce serait facile de tout laisser tomber ; je n'arrive pas à m'y résoudre. C'est ma responsabilité de gérer tout cela.

Il passa la main dans ses cheveux et Flick ressentit pour lui un élan de sympathie.

– Qu'est-ce qui se passerait si tu quittais Mondétranges ?

Jonathan s'assombrit.

– Il doit toujours y avoir un Conservateur en Chef. Toujours. Tu imagines ce que certaines personnes feraient si elles avaient accès à des mondes multiples et vulnérables pour les exploiter ?

Elle hocha la tête. Il était très facile d'imaginer le genre d'avidité que les valises pouvaient générer.

– J'ai besoin d'aide, dit doucement Jonathan. Je ne peux pas m'occuper seul de Mondétranges.

D'un coup, la valise que portait le jeune homme parut très lourde à Flick.

9

Une fois de retour dans la boutique, elle emprunta de nouveau la loupe pour regarder autour d'elle. La valise par laquelle ils étaient passés brillait intensément.

– Je vais nous faire une tasse de thé, décida Jonathan.

Flick se posta devant les photos des explorateurs, les membres de la Société Mondétranges ; elle se sentait plus proche d'eux et de leurs aventures. Bien que les portraits soient en noir et blanc, certaines personnes lui semblaient familières. Elles devaient être parentes des Mercator.

– Jonathan, appela-t-elle, est-ce que tu as de la famille ?

Il sortit de la cuisine en s'essuyant les mains.

– Il y a peu, j'avais encore mon père. Cependant…

Il s'interrompit, comme s'il avait peur de ce qu'il allait dire. Flick ressentit une bouffée d'empathie. L'énervement qu'elle ressentait à l'égard du côté très BCBG de

Jonathan s'évanouit. Elle était clairement bien plus gâtée que lui pour les choses vraiment importantes.

– Je suis désolée. Est-ce qu'il est…

– Il n'est pas mort ! Il reviendra, je le sais ! Je… Pardon. Je n'aurais pas dû hausser la voix.

– Ce n'est pas grave. Je peux te demander ce qui s'est passé ?

– Oui. J'étais en pension, et il travaillait à l'agence en tant que Conservateur en Chef. J'ai reçu un appel des libraires d'à côté. Cela faisait un moment qu'ils n'avaient pas vu mon père. Je suis rentré pour découvrir ce qui lui était arrivé et… il avait disparu.

Il y eut un silence.

– Il ne m'aurait pas laissé.

– Cela fait combien de temps ? demanda-t-elle d'une voix douce.

Il se tourna vers la cuisine.

– Environ deux mois, répondit-il en disparaissant à l'arrière du magasin.

Deux mois ? Même Flick savait qu'il était difficile d'espérer le retour de quelqu'un après tant de temps.

Jonathan réapparut sur le seuil.

– L'eau est en train de chauffer. Maintenant que tu as fait ton premier voyage, y a-t-il une chance que tu aies envie de prêter serment ?

Elle fit une grimace indécise.

– Tu as dit que c'était dangereux…

– Traverser la rue aussi, répondit-il en haussant les épaules.

– Oui, c'est sûr, mais qu'est-ce qui se passerait si…

BIP BIP BIP BIP…

– Oh, zut ! s'exclama Flick en sortant son téléphone. Il faut que je récupère Freddy.

– Freddy ?

– Mon petit frère.

– Oh, tu n'es pas fille unique. C'est bien. Pour tes parents, je veux dire.

Il lui ouvrit la porte.

– Reviens vite. On a besoin de toi.

10

Finalement, Flick ne parvint à s'évader que deux jours plus tard. Entre les courses, le bébé et tout ce que sa mère lui demandait, elle n'avait pas eu une minute à elle.

Parfois, Flick avait hâte de grandir pour échapper aux directives constantes des adultes. Mais ces derniers passaient leur vie à se plaindre, à cuisiner et à nettoyer (les surfaces, les visages, les fesses de bébés), donc ce n'était pas très excitant non plus. Leur quotidien lui semblait à mourir d'ennui.

Elle atteignit Mondétranges juste au moment où le ciel s'assombrissait, augurant d'un orage estival. Elle traversa la rue en courant, poussa la porte… qui ne bougea pas. Elle fit un pas en arrière pour essayer de nouveau, sans succès.

Elle se dirigea vers la baie vitrée. Elle apercevait les fauteuils, les valises bien rangées dans leurs casiers, le bureau du fond avec une pile de linge sale posée dessus…

Non, pas du tout. La pile de linge sale, c'était Jonathan.

Quelques gouttes de pluie éclaboussèrent le trottoir. Flick frappa contre la vitre.

– JONATHAN ! JONATHAN !

Ce dernier se dressa d'un coup, comme si on avait glissé des glaçons dans son col de chemise. Ses cheveux ressemblaient à un nid d'oiseau et il tournait la tête de tous côtés, cherchant la source du bruit.

– JONATHAN ! répéta-t-elle en frappant à nouveau.

Il l'aperçut et tituba jusqu'à la porte, qu'il ouvrit juste au moment où le ciel libérait des trombes d'eau tiède.

– Entre, entre.

Flick ne se fit pas prier.

– Merci, dit-elle en posant son sac à dos humide près de la cheminée éteinte. Qu'est-ce que tu faisais ? Tu dormais ?

– Je ne sais pas. On est quel jour ?

– Mercredi. Il est onze heures du matin.

– Seulement à ta montre, répondit Jonathan en bâillant si largement qu'il aurait pu avaler une valise. Je te demande pardon. Nuit difficile. Je travaillais.

Il bâilla à nouveau, tremblant de fatigue.

– Un membre est passé, tu sais, je n'aime pas dire non. Je prenais des notes et… j'ai dû m'assoupir. Que puis-je faire pour toi ? Tu voulais qu'on parle du serment ?

Flick était effectivement plus que décidée à prêter serment et à sauter dans toutes les valises possibles, mais l'épuisement évident de Jonathan lui fit ravaler le discours qu'elle avait préparé.

– Tu as l'air trop fatigué pour parler de quoi que ce soit.

– C'est vrai, dit-il sans même essayer de protester pour la forme. Je suis désolé, je sais que tu es venue exprès, mais aujourd'hui mon cerveau est un cimetière de bourdons. Excuse-moi.

– Pas la peine de t'excuser, s'empressa de répondre Flick en tentant de cacher sa déception. J'aurais dû t'envoyer un message ou appeler plutôt que de débarquer sans prévenir.

– Tu ne pouvais pas savoir.

Jonathan frotta ses yeux sous ses lunettes et fit un mouvement vague vers sa chevelure en bataille.

– Si tu veux bien m'excuser ? J'aimerais essayer d'arranger… ça.

Elle hocha la tête et le regarda monter l'escalier au fond de la cuisine. Elle attendit un moment avant de s'y rendre elle-même. Il y avait un pain entier, un bocal de coquillettes et une bouteille de lait posée à l'ombre sur le plan de travail. Pas de frigo.

Flick décida de faire comme tout le monde dans le pays lorsqu'il fallait prendre les choses en main. Elle remplit la bouilloire, alluma la gazinière et la posa dessus. En emboîtant le sifflet sur le bec, elle tendit l'oreille dans l'escalier : un bruit d'eau dans la salle de bains. Elle fouilla dans les placards pour trouver deux tasses en porcelaine qu'elle laissa sur le plan de travail avant de repasser dans l'agence proprement dite.

Autour d'elle, les bagages semblaient vibrer d'impatience. Une valise solitaire vacilla légèrement lorsque la porte de la salle de bains claqua, au premier. Elle n'était pas rangée ni empilée avec d'autres. Posée contre le bureau, elle avait vraiment l'air d'attendre Flick.

La valise était marron clair, bien abîmée même si la poignée en cuir n'était pas trop usée. Un tampon rouge délavé sur le côté le plus large côtoyait des lettres peintes écaillées épelant un mot fantôme.

Elle hissa la valise sur le bureau. Jonathan ne lui avait pas interdit de toucher. Et elle était venue exprès. Elle pouvait juste jeter un coup d'œil…

Elle essaya les fermoirs, écartant les parties externes du mécanisme. Rien ne se passa. La valise était peut-être fermée à clé ? Pourtant ce n'était pas possible : il n'y avait ni serrure ni cadenas.

– Allez ! l'encouragea-t-elle entre ses dents alors qu'elle poussait de toutes ses forces sur les fermoirs. Ouvre-toi !

Les fermoirs cédèrent, mais juste partiellement. Elle dut les dégager avec ses ongles. Ils devaient être rouillés. Elle attrapa le bord de la valise et tira. Le cuir resta coincé.

Le bagage lui résistait vigoureusement.

Dans la cuisine, les tuyaux gémirent en fournissant les dernières gouttes d'eau chaude à l'étage.

Flick tira plus fort.

La valise s'ouvrit d'un coup.

Et Flick tomba la tête la première.

11

Elle ferma les yeux, anticipant déjà la douleur de son menton heurtant le bureau, sauf que celle-ci ne vint jamais.

La sensation de chute dura un instant de plus qu'elle n'aurait dû et, lorsqu'elle s'arrêta, Flick atterrit sur ses pieds… seulement une seconde.

Ses baskets glissèrent sur le sol et elle ouvrit les yeux juste avant que ses fesses ne touchent terre. Instinctivement, elle tenta de se rattraper en plongeant les mains dans le sable.

Du sable ?

Elle fixa ses chaussures à moitié recouvertes. Ce n'était clairement pas le parquet poussiéreux de l'agence où elle se trouvait quelques instants plus tôt.

– Oh non…

Elle se redressa d'un bond, luttant pour ne pas s'enfoncer, et leva une main pour protéger ses yeux du soleil brûlant. Derrière elle, la valise ouverte était à demi enterrée dans le sable. Il n'y avait pas la moindre brise. Tout était extrêmement silencieux, l'air semblait presque figé. Flick tourna lentement sur elle-même.

Elle se tenait sur une plage qui descendait graduellement vers la mer, cinquante mètres plus loin. L'eau était si calme qu'on aurait dit un miroir. Derrière elle, une pente douce montait vers un début de falaise, sur laquelle était posé un phare.

Il ressemblait à un phare de dessin animé – un tube aux rayures rouges et blanches surmonté d'un dôme en verre – à l'exception de sa hauteur, réduite de moitié. Il était fait de briques peintes, et un tas de matériaux bruts était posé sur une palette en bois à moitié effondrée.

Devant lui se trouvait un espace qui avait dû être un jardin, où ne subsistaient que de l'herbe grillée, du sable et des rochers. Des vêtements rongés par l'atmosphère salée étaient suspendus sur une corde à linge, raides comme des planches.

Un sentiment de malaise enveloppa Flick. Elle se baissa pour ramasser la valise, secouant le sable avant de la fermer. Elle contempla la mer : la seule chose brisant la surface lisse était un rocher à l'horizon.

Tenant fermement la valise, elle se mit à marcher vers l'eau en gardant un œil sur le rocher, au cas où il se mettrait à bouger. Le sable glissait sous ses pieds, entravant sa progression.

Sous sa chaussure, quelque chose se brisa avec un affreux craquement. Elle se figea, terrifiée, et dut prendre son courage à deux mains pour regarder par terre.

Les restes d'un pique-nique étaient dispersés sur le sable. Il y avait une nappe à carreaux, un panier en osier et même des verres à vin (elle venait d'écraser l'un d'eux). La nourriture avait disparu depuis longtemps, pourrie au soleil. Bien qu'il n'y ait pas de vent, la nappe était froissée, comme si quelqu'un avait marché dessus à pas lourds.

Elle n'était pas la première à découvrir ces restes. Entre les débris et la mer se trouvaient plusieurs longues marques dans le sable. Comme si quelque chose, ou quelqu'un, avait été traîné vers l'eau.

L'estomac de Flick se serra. Elle fit volte-face et se pressa autant qu'elle le pouvait vers le phare. Elle voulait s'éloigner le plus possible de ces sillons inquiétants. Au fur et à mesure qu'elle grimpait, la plage se transforma en roche et bientôt elle se trouva sur la falaise.

En s'approchant du phare, elle aperçut une trace de main rouge sur la peinture blanche, avec des doigts étirés et grotesques. Elle se rendit compte que ses jambes tremblaient.

– C'est de la peinture, affirma-t-elle tout haut. Juste de la peinture.

Elle resserra sa prise sur la poignée, comme si la valise pouvait la protéger, et fit le tour du phare jusqu'à la porte.

Cette dernière était si gonflée d'humidité qu'il lui fallut tirer dessus plusieurs fois pour la déloger du montant. Lorsqu'elle s'ouvrit enfin avec un grincement sinistre, une bouffée de fraîcheur moisie accueillit Flick à l'intérieur.

Il y faisait plus clair qu'elle n'aurait cru, grâce à la lumière filtrant à travers les fenêtres sales et le dôme supérieur. Un escalier en colimaçon trônait au centre de la pièce ; contre les murs s'alignaient des meubles courbes adaptés à l'espace. De l'autre côté, un grand panneau de liège sur lequel des photos, des cartes, des papiers étaient accrochés surplombait un bureau.

Il n'y avait ni toiles d'araignées ni traces de souris. Le phare, tout comme la plage, était sans vie.

Flick frissonna. Il faisait bien plus froid à l'intérieur. Elle n'avait jamais vu un lieu aussi mort, et cela amplifiait le mouvement de ses propres muscles, la palpitation du sang dans ses veines et la pression de ses doigts sur la poignée de la valise.

Bien qu'elle fût intéressée par ce qui se trouvait dans le dôme, elle ne voulait pas se risquer dans l'escalier mangé par la rouille. Elle se dirigea donc vers le bureau couvert de paperasses. Sous une fine couche de poussière, les papiers jaunis par l'âge semblaient prêts à se désintégrer au moindre souffle.

Où était le propriétaire ? Rien n'était rangé, rien n'était emballé, c'était juste…

Abandonné. Ce monde était abandonné.

Elle jeta un coup d'œil reconnaissant à la valise : au moins, elle avait son billet de retour.

Sur le mur se trouvait une photo du phare à moitié construit. Un couple en salopette riait en se passant une énorme brique. D'autres souvenirs étaient punaisés autour de la photo : des articles de journaux, des pages de notes dans une langue que Flick ne connaissait pas.

Sur d'autres photos, un homme aux cheveux poivre et sel attachés en arrière posait devant une boutique. Une femme aux boucles noires riait en regardant une petite fille faire des bulles. Puis un cliché les représentait tous les trois sur la plage où Flick avait atterri, avec d'autres couples en arrière-plan et un vent évident : la petite fille s'agrippait à son chapeau de paille. Ils avaient l'air heureux, plaisantant avec le photographe. Les cheveux de l'homme étaient encore d'un noir de jais et elle pouvait voir ses oreilles pointues, qui confirmaient son intuition : ces gens ne venaient pas de son monde.

Est-ce qu'ils avaient vécu ici ? Pique-niqué sur cette plage ? Que leur était-il arrivé ?

Sur le bureau, une autre photo attira son attention. Le même couple y était présent, plus jeune mais aussi plus triste. Chacun portait un bébé, deux nourrissons dans des couvertures assorties, leurs petits nez à peine visibles.

Flick fronça les sourcils. À la naissance de Freddy comme à la sienne, ses parents souriaient, béats, sur toutes les photos. Alors pourquoi la femme avait-elle l'air si triste et l'homme si sérieux ?

Elle revint vers le cliché sur la plage. Il n'y avait qu'une enfant avec les deux adultes. Deux bébés puis, plus tard, une seule enfant.

Quelque chose avait dû arriver à l'autre.

Sans prévenir, une vague de tristesse la submergea. Elle pensa à ses parents, et se demanda ce qui se passerait pour eux si elle tombait dans un autre monde et ne revenait jamais. À cette pensée, ils se mirent soudain à lui manquer terriblement et elle s'enveloppa de ses bras pour essayer de se réconforter, sans succès.

Bien sûr, il y avait toutes les chances que la photo de la plage ait été prise par l'enfant manquant. Il aurait pu se trouver derrière l'appareil. Mais il n'y avait aucune autre trace de lui, ni sur le bureau ni dans les cadres au mur. Il avait juste… disparu.

D'un coup, Flick eut le sentiment de s'immiscer dans une histoire strictement privée et, prise de malaise, elle fit un pas en arrière pour s'éloigner du bureau. Ce faisant, elle envoya valdinguer la chaise : celle-ci frappa la table, délogeant plusieurs livres et une fine boîte au fermoir doré qui tombèrent au sol avec fracas.

Elle s'empressa de tout ramasser et reposer sur le bureau, la photo des bébés disparaissant sous l'amas. Elle allait partir lorsque quelque chose attira son regard. Au milieu des lettres et papiers écrits dans une langue qu'elle ne pouvait pas lire, un seul mot reconnaissable lui sauta aux yeux :

Mercator

Le cœur battant la chamade, Flick débarrassa les papiers qui encombraient le bureau pour dégager un fin cahier, du genre de ceux qu'elle utilisait à l'école. Sur la couverture, dans une écriture d'adulte, un nom :

Daniel Mercator.

Le carnet n'était pas aussi poussiéreux que le reste des objets présents : il n'était pas là depuis aussi longtemps.

Flick hésita. Elle mourait d'envie de l'ouvrir, mais il appartenait vraiment à Jonathan. Et, même si ce dernier l'avait mise en garde contre le fait de rapporter des objets d'autres mondes, elle devait sûrement faire une exception ?

Sa décision prise, elle mit le cahier dans sa poche arrière et lança un dernier regard à la photo de l'homme devant sa vitrine, les bras croisés sur un tablier à son nom. Combien d'années entre la photo de lui tenant ce nouveau-né et celle où il était devant cette boutique, seul et grisonnant ?

Est-ce qu'il avait vécu dans ce phare ? Est-ce que sa famille avait disparu ?

Laissant ces questions derrière elle, Flick ouvrit la valise et y grimpa en hâte.

12

Elle avait oublié que la valise était posée sur le bureau. En s'en dégageant sans grâce, elle se cogna la hanche sur le coin et tomba par terre en jurant à mi-voix.

À l'étage, le claquement d'une porte précéda des bruits de pas dans l'escalier. Flick se hâta de remettre la valise contre le bureau et s'appuya sur ce dernier en tentant d'avoir l'air innocent.

Jonathan apparut dans l'encadrement de la porte de la cuisine.

– Cela fait un moment que la bouilloire siffle.

Il fixa délibérément l'endroit où la valise aurait dû se trouver – à environ cinquante centimètres de là où elle était à présent – et le sable sur le sol auparavant propre. Il leva un sourcil.

Flick se sentit rougir. Le son de la bouilloire lui perçait les tympans.

Il s'assit au bureau et lui lança un regard qui aurait pu faire fondre une enclume.

– J'espère vraiment que ce qui semble s'être passé ici n'a en fait pas eu lieu, dit-il d'une voix douce mais menaçante.

Les joues de Flick étaient en feu.

– Hum.

– Toute seule, sans supervision, sans même un mot pour dire où tu étais partie. Heureusement, j'aurais pu te suivre si tu n'étais pas réapparue dans quelques heures : tu avais oublié de tirer la poignée après toi.

Elle déglutit.

– Je suis désolée.

– Sans parler du fait que cette valise était censée être fermée à clé. Tu n'aurais pas dû pouvoir l'ouvrir.

Flick préféra taire la façon dont elle avait forcé les fermoirs. Jonathan était-il vraiment en colère ? Allait-il la bannir de l'agence de voyages et l'empêcher de devenir membre de la Société ? Le regret et l'anxiété lui serraient la gorge.

– Je suis vraiment désolée. Je l'ai juste ouverte pour regarder et je suis tombée dedans.

Jonathan soupira et se leva pour retirer du feu la bouilloire chauffée à blanc.

– Pas besoin de t'excuser d'être curieuse. Pour être tout à fait juste, je ne t'avais pas interdit de toucher. Je suis heureux que tu sois revenue sans problème. Comme elle était censée être verrouillée, ça aurait pu être dangereux.

Elle se détendit un peu. Il n'avait pas l'air d'être spécialement furieux ni déçu.

– Ça n'en avait pas l'air. Juste… vide. Vraiment vide. Mort.

– Tu es de retour, c'est tout ce qui compte. Cela étant dit, ce n'est pas parce que tu n'as pas vu de danger qu'il n'y en avait pas.

Elle se mordit la lèvre. Savoir que voyager comportait des risques s'apparentait à trouver un ver au milieu d'une truffe au chocolat. L'air penaud, elle tira de sa poche le cahier froissé par le voyage de retour et le tendit à Jonathan.

– J'ai trouvé ça.

– Tu as rapporté quelque chose d'un autre monde ?!

Les yeux du jeune homme lançaient des éclairs.

– Après que je t'ai spécifiqu…

– *Daniel Mercator* est écrit dessus, s'empressa-t-elle d'ajouter avant qu'il ne soit trop remonté.

Il cligna des yeux, sonné, et lui prit le cahier des mains.

– Où as-tu trouvé ça ?

– Sur un bureau dans un phare, avec plein d'autres papiers. Je ne l'ai pas ouvert… J'ai juste vu le nom… Tout le reste était dans une autre langue. C'est à ton père ?

– Oui, répondit-il en l'ouvrant. C'est l'un de ses cahiers. Il en emportait toujours un avec lui. Celui-ci est à peine commencé, juste quelques notes et ce qui ressemble à une liste.

Curieuse, Flick se pencha pour mieux voir.

– Une liste ?

Jonathan la lui montra.

– Une liste de mondes. Certains sont barrés.

Il y eut un silence, et leurs regards se croisèrent au même instant. Le cœur de Flick battait la chamade.

– Tu penses que…

– C'est possible.

– Ça pourrait être là qu'il…

– Je suppose qu'il…

– Il s'est peut-être rendu dans tous les mondes de cette liste et est resté coincé dans l'un d'eux. On pourrait le retrouver.

– Peut-être, murmura-t-il. Peut-être…

Il fixait la liste, perdu dans ses pensées. Flick, elle, était prête à sauter dans la première valise venue pour commencer les recherches. La peur ressentie dans le phare s'estompait déjà pour faire place à une soif d'aventures.

– Qu'est-ce qu'on devrait faire ? Tu sais où sont les valises de ces mondes ? On peut partir à sa recherche ?

Semblant reprendre pied dans la réalité qui l'entourait, Jonathan lui sourit.

– On croirait que c'est *ton* père. Regarde…

Il passa le cahier à Flick.

– Certains noms sont barrés, mais pas dans l'ordre. Les endroits déjà visités, sans doute ?

– Sûrement, acquiesça-t-elle, heureuse d'être consultée. Par contre, on ne sait pas où il est allé après.

– Non, mais je suis sûr que quelqu'un l'a vu. Il aura peut-être parlé de sa prochaine destination.

Il fronça les sourcils.

– Je me demande pourquoi ces endroits en particulier. Ils n'ont pas vraiment de rapport les uns avec les autres.

Flick parcourut la liste :

~~Cité des Cinq Lanternes~~
~~Forêt de Tam~~
Hauteneige
La Fracture
~~Ville de Corail~~
Désert des Rêves

Elle lui rendit le carnet.

– Il doit forcément y avoir un rapport, pour qu'ils se retrouvent tous sur cette page. Ça pourrait être lié à son travail de Conservateur ?

– Probablement. Il a toujours pris ses responsabilités très à cœur.

Jonathan leva les yeux vers le mur de valises, dont l'une manquait toujours.

– C'est une piste que je dois suivre.

– Toi tout seul ? demanda Flick en se tortillant sur sa chaise.

– Pas forcément. En réalité, je préférerais être accompagné, dit-il en haussant les épaules.

Il lui mettait son avenir sous le nez, comme une carotte. Le désir d'aventures de Flick, réveillé depuis qu'elle avait passé la porte de l'agence, se heurtait à une vie entière de prudence et de responsabilités. Le malaise qu'elle avait ressenti dans le monde qu'elle venait de visiter n'était pas tout à fait dissipé et la faisait hésiter. Mais, lorsqu'elle pensait à la magie de la Forêt de Cristal et aux possibilités qu'offraient les dizaines de valises qui attendaient juste qu'elle y entre, il lui était impossible de résister.

– Qu'est-ce que tu en penses ? demanda Jonathan. Car je dois vraiment suivre cette piste.

– *Nous* devons la suivre, le corrigea Flick. Tu ne vas pas te débarrasser de moi si facilement.

13

Flick se hâta de rentrer chez elle, où l'attendaient des odeurs de nourriture et de bébé. Et s'y retrouva coincée pendant presque une semaine : l'emménagement terminé, c'était le retour à la normale chez les Hudson. Ce qui voulait dire qu'elle devait faire la lessive, composer des repas avec « au moins cinq fruits et légumes par jour », tout ça en plus de la montagne de devoirs que lui avait envoyé son nouveau collège, Byron Hall.

Ce n'était pas facile. Ses pensées la ramenaient sans cesse à l'agence, et même ses rêves étaient remplis de valises et de mondes merveilleux. Elle essayait sans succès de se contenter de sa vie de famille. La nouvelle maison commençait à ressembler à un foyer, avec moins de cartons dans lesquels se cogner. Freddy avait déjà appris à escalader la barrière pour bébés. Flick avait suggéré de l'attacher à un anneau métallique fiché dans le sol, comme un cheval, mais bizarrement ses parents ne l'avaient pas prise au sérieux.

Alors qu'elle sortait de Tesco avec sa mère (pas vraiment l'« après-midi en famille » idéale), cette dernière lui passa son frère le temps de mettre la poussette dans le coffre.

– N'oublie pas, tu dois lui donner le dîner ce soir. Ton père a une formation, et je travaille tard.

– Oh, m'man, râla Flick.

– Arrête, soupira sa mère en luttant avec la poussette (qui résistait au moins autant qu'une pieuvre géante). On ne sait jamais : un jour tu en auras un et tu seras bien contente d'avoir eu de l'entraînement.

– Je n'aurai certainement pas de bébé. Si je dois vivre dans la même maison qu'une petite chose baveuse, ce sera un basset nain appelé Simon.

Elle lança un regard noir à son frère. Celui-ci mâchouillait joyeusement le revers de son manteau. Flick se demandait souvent s'il n'était pas moitié chèvre. Il ne mangeait jamais de vraie nourriture, préférant les objets, les vêtements des autres ou les pieds de chaise.

– Quelqu'un vient installer l'alarme demain, annonça sa mère une fois en route, Freddy bien attaché dans son siège et une compilation de chansons Disney résonnant depuis l'autoradio. Tu ne resteras pas dans ses pattes.

– Oui, j'avais prévu de sortir, dit Flick, ravie d'avoir une excuse pour se rendre à Mondétranges. Papa sera revenu à temps pour s'en occuper ?

– Il a dit que oui. Rappelle-lui de te donner le code avant de sortir, au cas où. Je serai la dernière à rentrer à la maison.

Flick regarda dehors. Elle rentrait seule chez elle depuis ses sept ans, quand sa mère avait commencé à faire des heures supplémentaires. Elle se souvenait d'être passée la tête haute devant tous les parents qui attendaient, trop fière de n'avoir besoin de personne. Elle était bien plus mûre que les autres enfants : elle avait sa propre clé et savait comment utiliser la gazinière.

Mais elle avait vite déchanté. Les jours où il pleuvait à verse, elle voyait ses amis entrer dans des voitures chauffées alors qu'elle devait marcher sous la pluie et arriver chez elle frigorifiée.

– Freddy s'habitue à sa nouvelle crèche ? demanda-t-elle, cherchant un sujet de conversation qui intéresserait sa mère.

– Oui, apparemment, répondit-elle, son sourire s'estompant quelque peu. Tu sais, quand tu es née, j'ai pris un an de congé. J'aurais aimé faire la même chose pour ton frère, mais…

La poitrine de Flick se serra. Elle se sentait coupable, sans raison.

– La vie est plus chère maintenant.

– C'est très vrai. Ce sera plus facile quand Freddy sera à l'école. Il pourra rentrer avec toi. Je suis très fière de toi, tu sais. Tu es si mûre pour ton âge.

Flick se força à sourire. Au début, quand elle rentrait seule à l'appartement, elle se cachait dans sa chambre par peur des cambrioleurs. Elle appelait sa grand-mère plusieurs fois dans la soirée. Elle inventait des histoires sur ses voisins pour se sentir moins seule.

Elle n'était pas mûre de nature, elle avait dû le devenir. Et, avant de découvrir Mondétranges, elle était si occupée à essayer d'être responsable qu'elle avait complètement oublié comment s'amuser.

– Je sortirai tôt demain, pour ne pas déranger. Je ferai des trucs dans le village.

– Ça me paraît bien. Qu'est-ce que tu as prévu ?

Flick regarda par la fenêtre et sourit.

– Juste un peu de tourisme.

14

Lorsque Flick arriva à Mondétranges le lendemain, Jonathan était allongé sur le ventre devant une valise ouverte par terre.

– Bonjour, ferme la porte, salua-t-il sans lever les yeux.

– Tout va bien ?

– Très bien, merci. Quoiqu'une tasse de thé ne serait pas de refus si tu te diriges par là. Ah !

Il plongea les mains dans la valise et en sortit un grappin métallique qu'il attacha au rebord.

– OK, vous êtes bien accroché, vous pouvez grimper maintenant, cria-t-il dans le schisme tourbillonnant.

– Dieu merci, grogna une voix. Je commence à avoir des crampes. Sans parler des engelures aux extrémités.

– Personne n'a besoin de savoir ça, monsieur Golding.

Jonathan plongea de nouveau la main dans la valise. Quand il la ressortit, elle en tenait une autre, elle-même attachée à un homme dont la moustache orange ressemblait à un balai-brosse.

– Tout ira bien, continuez à remuer les orteils.

– Foutus nuages de tempête…

Bouche bée, Flick vit l'homme sortir de la valise, les bottes et le pantalon couverts de neige. Son manteau était humide et tailladé en plusieurs endroits, mais il avait l'air très content de lui. Il souleva une paire de lunettes de protection teintées, révélant des yeux malicieux sous des sourcils ressemblant à deux queues de chatons roux.

L'homme poussa un grognement.

– Pas vraiment agréable comme expérience, escalader une chute d'eau gelée et se retrouver suspendu au sommet parce que la valise est introuvable. J'espère que ça ne se reproduira pas.

– Ne perdez pas vos bagages, répondit sèchement Jonathan. Emportez la valise avec vous si vous ne voulez pas la perdre de vue. Vous êtes assez vieux pour savoir ça.

Il lança un regard désapprobateur à la neige qui fondait sur son plancher.

L'homme ouvrait la bouche pour rétorquer quand il remarqua Flick.

– Tu es réelle, oui ?

Elle haussa les épaules.

– Il me semble.

– Hum. Très bien. Les enfants ne me dérangent pas. Ce sont les adultes, la cause de tous les problèmes de ce monde. Et des autres. Celui-là est bien, continua-t-il en désignant la valise. Mais il ne faut pas déranger le yéti, il a mauvais caractère.

– Je vous avais bien dit de ne pas mentionner sa coupe de cheveux, soupira Jonathan.

– Eh bien, je m'en suis sorti, non ? dit l'homme en souriant d'un air coquin. Oh, avant d'oublier, voilà pour vous.

Il sortit un carnet que le garçon accepta, ravi.

– Ah, merveilleux. Vous avez remarqué beaucoup de choses ?

– Difficile à dire, avec la tempête. Mais la topographie n'a pas changé. Je n'ai même pas eu besoin de ma carte.

– Merci, monsieur Golding. Au fait, je vous présente Felicity. C'est un nouveau membre de la Société.

Elle rougit, un peu penaude. M. Golding lui adressa un sourire étincelant.

– Oh, excellent ! Enchanté. Exactement ce dont cet endroit a besoin, Mercator : du sang neuf ! Je ne vous dérange pas plus longtemps. J'ai des choses à faire dans ce monde-ci.

Il fit un signe de tête amical à Flick et sortit de la boutique aussi brusquement qu'il y était apparu.

Elle regarda Jonathan en levant les sourcils. Celui-ci sourit, l'air content de lui.

– Grosse journée. Et ce thé, alors ?

Il remit la valise du yéti dans son casier et frappa des mains.

– Et maintenant pour toi, Felicity, un voyage !

Elle sentit l'excitation monter dans sa poitrine.

– J'ai pensé qu'on pourrait faire d'une pierre deux coups, puisque c'est ton premier déplacement officiel. Un endroit vraiment incroyable, la perle de Mondétranges, qui figure aussi sur la liste de mon père.

En parlant, il avait attrapé une valise brun-jaune fermée avec ce qui ressemblait à une peau de serpent. Elle avait un rebord rose bonbon et des fermoirs dorés.

– Celle-ci est très populaire.

Flick s'approcha.

– Qu'est-ce qu'il y a dedans ? Ou plutôt, « où » est-ce qu'il y a dedans ?

– Une interprétation intéressante des lois de la physique.

Jonathan ouvrit les fermoirs et une odeur de sucre se répandit dans l'agence, accompagnée de chants d'oiseaux.

– C'est… c'est un endroit sympa ?

– Très. Tu verras.

Flick se hissa hors de la valise et fit quelques pas sur un sol qui ne ressemblait en rien à celui auquel elle était habituée. Il était mou et élastique, style château gonflable à moitié monté. Elle avança en traînant les pieds, les bras à l'horizontale pour garder l'équilibre.

Jonathan sortit derrière elle comme un flamant rose en tweed et prit un instant pour tirer la valise à leur suite.

– Oh, rien ne change, dit-il en levant la tête.

Elle suivit son regard. Dans un ciel couleur lavande le soleil brillait, entouré de nuages rose barbe à papa poussés par la brise. Au loin, une ville faite de marbre poli, ou de corail, s'élevait derrière des collines turquoise. Des tours et tourelles disparaissaient dans les nuées, et le soleil se reflétait sur toutes les surfaces.

– Où sommes-nous ? souffla Flick, émerveillée.

– Près de la Ville de Corail. On va bientôt y entrer, mais… tu remarques quelque chose de différent dans ce monde ?

– Le sol est… spongieux.

Elle appuya fermement vers le bas avec son pied et sentit la surface s'enfoncer avant de reprendre forme. La vague dont sa semelle était l'épicentre fit onduler l'herbe alentour.

– C'est comme du caoutchouc.

– Exactement, approuva Jonathan, les yeux brillants. Un vrai trampoline. Regarde.

Il posa la valise au sol et, avec une expression de jubilation qu'elle ne lui avait jamais vue, il sauta. Il rebondit, s'élevant droit dans les airs.

Flick retint son souffle, attendant son inévitable crash… qui ne vint pas. Une fois le pic de son rebond atteint, Jonathan redescendit comme porté par un parachute invisible : lentement, à la verticale, et avec une élégance inattendue.

– Grands dieux ! s'exclama-t-elle, soufflée.

– Les dieux n'ont rien à voir là-dedans. Je te l'ai dit : une interprétation unique des lois de la physique. Une gravité faible et un sol semi-flexible ; pour nous, cela produit une grande capacité de rebond. Vas-y, essaye, l'invita Jonathan en souriant de toutes ses dents.

Flick examina ses souliers.

– Euh…
– Tu n'es pas gênée, si ? Ce n'est que de la physique.
Elle s'imaginait déjà retomber en un tas de jambes et de bras cassés.
– Est-ce qu'il y a… une technique ?
– Felicity, tu ne peux pas te tromper. Vas-y, insista-t-il en rebondissant un peu, essaye.
Flick leva les yeux au ciel. C'était ridicule. Elle se détourna du jeune homme en rougissant avant de tenter un petit rebond expérimental. Ses pieds quittèrent le chemin spongieux… et continuèrent à s'élever.
– Aaaah ! s'écria-t-elle.
Elle pensait s'écraser au sol mais elle descendit lentement, comme à travers du gel, jusqu'à ce qu'elle se pose doucement sur le chemin.
– Je peux voler !
Elle rebondit à nouveau, s'élevant dans les airs telle une fusée.
Jonathan sourit.
– Oui. Tu peux *presque* voler.
Flick éclata de rire à l'apogée de son saut. Cette fois elle tenta un saut périlleux, persuadée qu'à cette hauteur elle pourrait effacer tous ses échecs précédents sur le trampoline du centre de loisirs.
Elle fit une rotation mais resta coincée à mi-chemin, atterrissant doucement sur le dos. Jonathan apparut dans son champ de vision.
– Il te faut plus d'altitude pour ce genre de choses. Viens, je connais un endroit qui devrait convenir…
Même dans un monde qui vous transformait en ressort, il parvenait à marcher avec dignité tout en effec-

tuant des sauts gracieux à intervalles réguliers, un sourire extatique aux lèvres. Flick, elle, avançait par bonds successifs, telle une balle en caoutchouc au ralenti.

Autour d'eux, des buissons violets clairsemés abritaient des animaux ressemblant à des lapins à six pattes, qui les regardaient passer en remuant le museau.

– Est-ce que des gens vivent ici ? demanda-t-elle en pensant à la ville qu'elle avait aperçue et au fait qu'ils n'avaient encore croisé personne.

– Oh oui. C'est un coin de campagne assez tranquille, mais on ira en ville plus tard pour rencontrer les gens.

– Ça doit être super de vivre ici et de rebondir partout, soupira Flick en rebondissant elle-même.

– Les habitants ont évolué pour s'adapter à la gravité, répondit le jeune homme. Je me souviens, quand je suis venu avec mon père, ils me trouvaient très étrange de vouloir planer tout le temps. Certains se sont même moqués de moi.

Cela expliquait pourquoi il se donnait tant de mal pour marcher normalement. Bizarre : elle ne pensait pas qu'il se souciait du qu'en-dira-t-on.

Ils grimpaient maintenant sur une colline de schiste à la délicate teinte lilas argenté. Le sommet surplombait le paysage comme une vague, ou un large plongeoir.

– On va sauter d'ici ? demanda Flick, les yeux écarquillés.

– Seulement si tu n'as pas peur, répondit Jonathan avec un regard condescendant. On peut toujours rentrer.

Il tapota la valise. Elle s'approcha du bord et jeta un coup d'œil en bas. Au-dessous se trouvait un canyon très, très profond, dans lequel des sphères translucides flottaient telles des bulles dans une énorme baignoire.

Partagée entre l'envie de les voir de plus près et celle de s'éloigner au plus vite du rebord, elle tira la manche de Jonathan.

– Qu'est-ce que c'est ?

– Un type de plantes dont les fruits ressemblent à des raisins géants. Ils sont attachés à des lianes qui poussent dans le canyon. Ils sont plus solides qu'ils n'en ont l'air : ils n'éclatent pas quand on atterrit dessus. Si tu es nerveuse, il vaut mieux y aller en courant.

– Qu'est-ce qui te fait dire que je suis nerveuse ? rétorqua Flick en cachant ses mains tremblantes dans ses poches.

– Oh, rien du tout. On se retrouve en bas.

Il sourit et, tenant toujours la valise, il tourna sur ses talons et se laissa tomber en arrière. Elle se précipita pour regarder par-dessus le bord.

Jonathan descendait doucement, allongé sur le dos, une main sous la tête et les chevilles croisées. Il la salua gaiement avec la main qui tenait toujours la valise.

Bon. S'il pouvait le faire…

Flick inspira un grand coup et, avec une prière silencieuse, s'élança dans le vide.

Tout son corps se contracta en quittant le sol, son estomac ayant apparemment décidé de rester au sommet de la colline. Bien qu'elle ait vu Jonathan sauter en premier, elle s'attendait un peu à tomber comme une pierre.

Mais, lorsqu'elle se décida à rouvrir les yeux, la paroi de la falaise se déroulait lentement à côté d'elle, à la manière d'un fruit qu'on éplucherait délicatement.

L'air formait un coussin sous elle et elle découvrit vite qu'elle pouvait descendre comme une flèche si elle ramenait ses membres contre son corps et trouvait le bon angle, ou flotter comme dans un rêve si elle ouvrait les bras et les jambes.

– Tu t'amuses ?

Jonathan était soudain apparu à côté d'elle.

– Mais tu étais en dessous de moi !

– Oui, sauf qu'on ne tombe pas. On nage. Tu vois ?

Il fit un mouvement de brasse avec ses bras, s'élevant au-dessus d'elle.

– Tu n'es pas obligée de te contenter de tomber, surtout si tu peux voler.

Flick tenta de se redresser en battant des jambes mais se retrouva sur le côté avant de se remettre à descendre.

– La prochaine fois peut-être ? lui lança Jonathan.

Elle sentit plutôt qu'elle ne la vit sa rencontre avec les sphères. Fidèles à la description de son compagnon, elles étaient douces et moelleuses. La valise avait atterri sur l'une d'elles. Elle saisit la poignée et se propulsa loin des globes, vers la terre ferme.

Au-dessus d'elle, Jonathan se maintenait en suspension, l'air d'une grenouille en tweed.

C'est ridicule, songea-t-elle. Puis elle sourit, posa la valise contre un arbre aux allures de barbe à papa et se remit à gravir la colline.

Cette fois, elle n'hésita pas à sauter.

15

Après avoir réalisé un triple saut périlleux arrière lors de sa dernière descente, Flick s'écroula à côté de Jonathan qui s'éventait sous un arbre.

– Tu t'amuses, non ? demanda-t-il avec un sourire malicieux.

– Peut-être bien, répondit-elle en contemplant les nuages roses.

Le garçon se leva et brossa son pantalon d'un revers de main.

– On devrait y aller. Cette balade n'est pas qu'une visite d'agrément.

La Ville de Corail portait bien son nom. Des flèches en pierre, cristal et perles scintillantes s'élançaient vers le ciel en oscillant, comme mues par la brise. Des véhicules translucides, sortes de bulles de verre dépoli, roulaient lentement sur trois roues le long de rues aux pavés ivoire. Des gens – qui se distinguaient des humains par les couleurs pastel de leurs cheveux – flânaient sur les trottoirs, certains promenant en laisse de petits animaux de compagnie à six pattes.

Une fois au milieu des bâtiments, Jonathan sortit sa loupe. Il sembla satisfait par ce qu'il y vit et la passa à Flick. Celle-ci regarda avec délice la magie qui coulait dans les rues et ondulait entre les immeubles, telle de l'eau entre les pierres d'un ruisseau. Il n'y avait pas d'arbres le long de la chaussée mais de grands rochers irréguliers qui lui rappelaient la lampe de sel dans la chambre de ses parents.

– Où ton père aurait-il pu aller ? demanda-t-elle en rendant la loupe à contrecœur.

– Chez le confiseur. Il allait toujours chez le même ici : le seul endroit du Multivers qui vend de la Guimauve Guillerette au parfum de Frambzzz.

Le magasin était au quinzième étage d'un immeuble qui semblait fait de gelée, dans laquelle les empreintes de pas restaient imprimées un moment avant de disparaître. Le gratte-ciel n'abritait que des boutiques – deux ou trois à chaque étage – qui vendaient des aliments différents. Il y avait des fruits avec des racines tentaculaires, des légumes oblongs à la peau aussi épaisse que des pneus de voiture et une boutique proposant des bouteilles de sodas qui pétillaient dans toutes les couleurs de l'arc-en-ciel.

La confiserie elle-même n'était pas très grande mais débordait de tant de sucreries qu'elle semblait sur le point de passer au travers du sol gélatineux. Il y avait des boules de gomme en forme de spirale remplies de sorbet pétillant, les Spirales de Salisbury (interdites aux moins de cinq ans car elles pouvaient causer une lévitation temporaire) ; des Dragibus bleus et roses appelés « Capsules d'Immersion du Dr Stobbard » (en manger vous donnait l'envie pressante de prendre un bain moussant) ; et de grandes plaques de miel en rayon couvertes de chocolat qui (pour une raison inconnue) devaient être attribuées en fonction de votre groupe sanguin. Des chocolats s'alignaient à côté des caramels mous ; des bouteilles décorées de paillettes côtoyaient des morceaux de gâteau poisseux.

Flick resta sagement du côté des bonbons les moins dangereux, qu'elle choisit grâce à une petite louche dorée. Jonathan, les sourcils froncés, se pencha vers l'étiquette des « Indescriptibles Bouts de Blaireau ».

– Je m'abstiendrais si j'étais vous. À moins d'avoir des dents de rechange, l'interpella la femme derrière le comptoir.

Ses cheveux, d'un violet assorti à son vernis à ongles, était ramassés dans un chignon si haut qu'il brossait presque le plafond.

– Ils utilisent ça pour niveler les routes, vous savez.

– Merci du conseil. Je vais rester fidèle aux valeurs sûres, alors, dit le jeune homme en se redressant.

– Qu'est-ce qu'il y a dans celles-ci ? demanda Flick en désignant un bocal étiqueté « Feuilles Fondantes de Frobiche ».

– Vous n'êtes pas du coin, si ?

– Qu'est-ce qui vous fait dire ça ?

– Vous ne savez pas du tout ce que vous cherchez.

Jonathan prit le bocal le plus proche et le posa sur le comptoir.

– Ce n'est pas la première fois que je viens, cela fait un moment, c'est tout.

– Vous venez de la Voie de la Porte d'Argent ? demanda-t-elle tout en commençant à peser les confiseries.

Il répondit par un sourire, réticent à révéler plus d'informations. La vendeuse emballa ses bonbons et les lui présenta.

– Ça fera deux et demi.

Jonathan sortit un hexagone brillant de sa poche et le lui donna.

– Merci. Est-ce que vous avez de la Guimauve Guillerette à la Frambzzz ? Je n'en ai pas vu.

Le sourire de la vendeuse disparut.

– Oh, j'ai bien peur que non. On ne trouve plus de Frambzzz.

– Vraiment ? Comment ça ? s'étonna-t-il.

– Tous les problèmes du côté de la Voie du Mont Fusion. Rien ne pousse, pas seulement les fruits. C'est la météo, je pense. De la neige en plein été, des jours caniculaires en hiver, tout est détraqué.

– Oh, quel dommage, répondit-il d'un ton léger que démentait son expression soucieuse. Je suppose que je devrai me contenter d'un autre parfum.

– En vérité, vous prenez ça mieux que la dernière personne qui m'en a demandé : un monsieur, il y a quelques mois. Quand je lui ai dit qu'il n'y en avait plus, il est parti en courant.

Elle gloussa et Jonathan rit avec elle, mais il avait l'air très inquiet.

Flick apporta le bocal qu'elle avait choisi.

– Est-ce que c'est bon ?

– Oh, de la Barbe à Nuages ! s'écria la vendeuse. C'est délicieux, ne mange pas tout d'un coup ou tu auras de la brume au ventre.

Flick ne savait pas ce que c'était et n'avait pas envie de le découvrir.

Ils payèrent et quittèrent le magasin, s'arrêtant sur un balcon qui surplombait la rue. En dessous, des véhicules ressemblant à des scarabées roulaient parmi des gens vêtus de voiles colorés et de morceaux de plastique. Au loin, le paysage mouvant donnait le mal de mer à Flick.

– Tu penses que c'est ton père qui est parti en courant ?

– Hum, si c'est le cas, c'est embêtant. C'est le seul endroit ici où je suis sûr qu'il soit venu, et nous n'avons rien appris sur sa destination suivante.

Son air incertain laissa place à un sourire et Flick se rendit compte qu'elle s'élevait très doucement, comme un ballon sournois. Elle s'agrippa à la rambarde pour redescendre.

– Au moins on sait qu'il était ici, même si on ne sait pas pourquoi. Et la magie a l'air de bien se porter, ajouta-t-elle en se souvenant de ses responsabilités de membre de la Société.

– C'est vrai, mais quand même… je suis déçu.

Le garçon soupira avant de mordre dans le dard d'un scorpion en gélatine.

– Pas aussi bon que je l'espérais.

Flick gloussa avant de se rattraper de nouveau à la rambarde pour éviter de s'envoler.

– Ce n'était que notre premier essai, Jonathan. On a toute une liste d'endroits où chercher des indices.

– Toute une agence, si besoin. Sept cent quarante-trois valises, et des milliards de choses à voir dans chacune.

Une émotion douce-amère s'empara de Flick. Elle contempla l'étrange ville. Cet endroit était bizarre et peu familier, pourtant… elle l'aimait. Et elle ne reviendrait peut-être jamais.

– Je veux faire ça bien, annonça-t-elle. Devenir un vrai membre de la Société. Le serment, le badge, tout ça. Je veux voir autant de choses que possible.

Jonathan lui sourit chaleureusement.

– Cela fait si longtemps que nous n'avons pas eu de nouveau membre. Bienvenue, Felicity Hudson.

16

Deux interminables journées domestiques plus tard, Flick était de retour à l'agence. Elle avait chuchoté à Freddy des histoires de valises magiques et de mondes élastiques, mais les règles de la Société lui interdisaient de partager le secret avec ses parents. Elle n'avait personne à qui parler. Comment était-elle censée se concentrer sur des choses aussi banales qu'essayer son uniforme ou choisir entre l'anglais et l'allemand quand des mondes infinis l'appelaient ?

Quand elle eut enfin un jour à elle, elle dévala la rue à tire-d'aile.

Jonathan ne perdit pas de temps. À peine avait-elle passé la porte qu'il sortit une vieille valise marron ornée d'un arbre peint.

– Tu as de la chance que ces derniers jours aient été bien occupés, j'ai failli sauter dans celle-ci tout seul.

– La suivante sur la liste de ton père ?

– Oui. J'ai un petit faible pour ce monde-là. Mon père m'y a emmené quand j'avais deux ans de plus que toi. J'aurais bien aimé pouvoir y faire des allers et retours tous les week-ends, mais… il était très protecteur.

– Qu'est-ce qu'il y a dedans ? demanda-t-elle, excitée.

– Une forêt. Enchantée, bien sûr.

Il ouvrit les fermoirs et la pièce se remplit d'une odeur de pin. Il laissa la valise ouverte, allant verrouiller la porte de la boutique et afficher la pancarte « Fermé ». Une pensée traversa Flick.

– Attends… Qu'est-ce qui se passe si l'une des autres valises a besoin de toi ?

– Il n'y a pas de retour prévu aujourd'hui. On peut s'absenter quelques heures sans problème. Le temps passe plus vite là où nous allons.

– C'est dangereux ?

– Pas vraiment. Rien à craindre si tu ne t'aventures pas trop loin dans les arbres.

– Pourquoi ? Qu'est-ce qu'il y a dans les arbres ?

– Oh, rien de mortel… Des araignées, des insectes… ce genre de choses.

– Je ne suis pas fan de tout ce qui a plus de six yeux, frissonna Flick en pensant aux araignées grandes comme des soucoupes que ses parents et elle avaient découvertes en faisant les cartons.

– Alors reste dans les espaces dégagés. Tu veux passer devant ?

– Tu me suivras de près ?

– Bien sûr. Tu as ton guide ?

Flick tapota la poche arrière de son jean et enjamba le bord de la valise. Cette fois-ci, l'impression de dédoublement ne l'arrêta pas, elle continua de marcher maladroitement et se retrouva bientôt debout…

… sur un tapis de feuilles mortes et d'aiguilles de pin, des brins d'herbe malingres poussant vaillamment à travers. Le ciel était grand ouvert au-dessus d'elle, d'un bleu vibrant. Partout le vert était présent et ses oreilles rencontraient le *silence*.

Pas le silence total du monde du phare. Un silence plus naturel, où l'on sentait encore l'écho du vent.

Au-dessus d'elle, un dôme bleu. Flick se sentait comme un insecte pris au piège dans un verre. Le sol brun et vert était le morceau de carton glissé sous ses baskets pour la prendre au piège et, bien que cet endroit paraisse vaste, il avait des *limites.* Elle plissa les yeux, tentant d'apercevoir la courbe du ciel. Il y avait un horizon, mais – elle ne pouvait pas dire comment elle le savait, elle en était sûre – ce monde finissait là. Un peu comme dans une serre : vous savez que vous êtes à l'intérieur, même si les plantes et le thermostat essayent de vous faire croire que vous êtes dans une jungle tropicale. Jonathan avait raison : certains mondes étaient vraiment exigus.

Ce dernier sortit de la valise avec élégance et la tira après lui.

– Cet endroit est minuscule, non ? demanda Flick.

– Oui, il…

Le garçon fronça les sourcils et regarda autour de lui.

– Tu entends ça ?

– Non. Vraiment, ce monde est tout petit.

– Chut, Felicity.

– Il doit faire la taille d'un centre commercial, et même pas très…

– Chut !

– Ne me dis pas de me taire ! s'indigna-t-elle.

Jonathan leva une main.

– On parlera de sa taille plus tard. Pour l'instant, j'apprécierais que tu arrêtes de jacasser pour te concentrer sur ce qui est important.

– C'est-à-dire ?

– Qu'est-ce que tu entends ?

Ils écoutèrent ensemble.

– Rien, dit-elle doucement. C'est silencieux.

– Oui, dit Jonathan en resserrant sa prise sur la valise. Pas de chants d'oiseaux. Presque pas de vent. Pas d'animaux.

– Qu'est-ce que ça veut dire ? murmura Flick, sa confusion immédiatement remplacée par de la nervosité.

– Ça veut dire qu'on nous observe. Peut-être qu'on devrait…

La fin de sa phrase resterait un mystère. À cet instant, un filet tomba des arbres et atterrit sur les deux voyageurs, les plaquant au sol au milieu de cris de triomphe.

Les côtes contusionnées, Flick grogna et réussit à tourner la tête juste à temps pour voir une meute de petites créatures poilues armées de bâtons – genre Ewoks – se précipiter en hurlant hors du sous-bois.

– Comment osez-vous ?! s'écria Jonathan, le visage dans les aiguilles de pin, les lunettes pleines de terre. Libérez-nous immédiatement, espèces de dégénérés !

– Quel est le mot de passe ? demanda l'un des attaquants dans un français parfait à l'accent un peu snob.

Flick réalisa que la fourrure qui les couvrait était en fait une combinaison poilue à capuche.

– Comment suis-je censé le connaître ?

– C'est pas ça ! Pas ça, pas ça, pas ça ! se mirent à chanter leurs geôliers à tue-tête.

– C'est quoi ces créatures ? s'écria Flick en essayant sans succès de se mettre à quatre pattes.

– Ce sont des enfants, cracha Jonathan. Je ne les ai pas vus depuis… je ne sais pas. Des années.

– Vous ne nous avez jamais vus, monsieur, cria celui qui semblait être le chef. Nous ne nous souvenons pas du tout de vous. Aucun adulte ne vient ici, par ordre de moi-même.

– Je n'étais pas un adulte la dernière fois que je suis venu.

– Et tu n'es toujours pas un adulte, ajouta Flick.

– Oh, tu n'es pas obligée de… Écoutez. Je venais ici quand j'étais petit. Plus petit.

– Non, c'est pas vrai.

– Si, c'est vrai.

Le meneur enleva sa capuche, révélant un garçon d'une dizaine d'années au visage orné de peinture bleue et noire, et dont les cheveux n'avaient sans doute pas été lavés depuis sa naissance. Il se pencha pour observer Jonathan de plus près.

– Ton nom ?

– Mercator.

Le garçon se redressa.

– Oh. Et elle ?

– Je suis Flick, s'empressa-t-elle de répondre en tentant de cacher sa panique. Je suis… juste une gamine. Pas une ennemie.

Le garçon hocha la tête.

– Bon, d'accord. Libérez-les.

Il y eut des exclamations déçues, mais les autres enfants soulevèrent le filet et Flick en sortit en rampant, suivie de Jonathan. Ils se levèrent, un peu penauds, couverts de terre et de feuilles. Pour une fois dans sa vie, Flick était heureuse d'être responsable de la lessive : cela lui éviterait les inévitables questions sur les taches qui couvraient ses vêtements.

– Tu sais quoi ? Je me souviens de toi. Tu as l'air… différent, s'exclama le chef en reniflant le jeune homme.

– Bien sûr, dit Jonathan en remettant ses lunettes avant de lui lancer un regard meurtrier. Cela fait des *années* que je ne t'ai pas vu. Pourquoi est-ce que tu n'as pas grandi, Tam ?

Le garçon haussa les épaules en faisant une grimace digne d'une gargouille.

– On ne grandit pas ici, si ? Grandir, c'est nul.

– On est bien d'accord, commenta spontanément Flick.

Tam lui sourit, découvrant ses dents du bonheur, avant de s'adresser à Jonathan :

– D'ailleurs, où est-ce que tu as disparu, Mercator ?

– J'ai grandi.

– On t'a manqué ?

– Un peu.

– Pas beaucoup, donc.

Un murmure parcourut le groupe, le genre de rumeur qui n'augure rien de bon, surtout accompagnée de l'entrechoquement de lances de fortune. Flick déglutit.

Jonathan leva les yeux au ciel.

– Tam, je voulais juste montrer ta maison à mon amie.

Au mot « amie », Felicity se sentit agréablement surprise. Elle se serait attendue à ce qu'il parle d'elle comme une « connaissance », au mieux. Elle sourit à l'idée que son premier ami aux Petites Vouivres était un ado excentrique avec une agence de voyages remplie de magie et un faible pour les vieux costumes.

– Tu sais, Tam, je me souviens de ta maison, continua Jonathan. Si belle. Et si paisible.

Il fixa délibérément les lances des garçons.

– Paisible égale ennui ! cria Tam.

Le groupe approuva bruyamment, en se donnant mutuellement des tapes dans le dos.

– Eh bien, elle était paisible la dernière fois que je l'ai vue, insista le jeune homme par-dessus le vacarme. Je suis venu avant de partir en pension, j'ai cru que vous aviez grandi ou que vous étiez partis. Il n'y avait que les oiseaux et moi.

– Nan, on n'était pas partis. On ne voulait pas te déranger. Ça nous était égal que tu viennes pour lire. Tu étais trop grand pour bien jouer, donc on t'a laissé tranquille. Et après tu n'es plus revenu, mais quelqu'un d'autre est apparu.

– Qui ? Mon père ?

– Non, pas lui, répondit Tam, étouffant l'excitation de Jonathan et les espoirs de Flick. Un autre homme. Les cheveux gris, un grand chapeau, baraqué. Il avait l'air assez fort pour casser un arbre en deux.

– Et il était bruyant, intervint une petite fille. Il faisait un boucan pas possible en marchant, on aurait dit un géant.

Jonathan fronça les sourcils.

– Vous êtes sûrs qu'il n'était pas d'ici ?

– Il avait un de ces *trucs*, dit Tam en désignant la valise.

– Vraiment ? demanda Flick. Alors il devait venir de Mondétranges, non ?

Jonathan ne répondit pas.

– Il avait un tire-feu, annonça une autre gamine en tenant sa lance comme un fusil pour appuyer ses dires. Il tirait sur les lapins.

– Et les chevreuils.

– Et les oiseaux.

– Une arme ? s'exclama Jonathan, l'air catastrophé. On ne joue pas, d'accord ? Vous avez vraiment vu cet homme ?

Tam hocha la tête.

– C'est pour ça qu'on a fait le filet. On s'est dit qu'on mettrait la main dessus la prochaine fois, sauf qu'il n'est jamais revenu. Il a pris les pauvres lapins morts et a disparu dans la valise qu'il portait.

– Il a bien fait, ricana quelqu'un, sinon on l'aurait zigouillé.

– Lui et dix comme lui !

Flick n'aimait pas du tout cette histoire.

– Jonathan, chuchota-t-elle, est-ce que ça aurait pu être un client ? Un membre de la Société ?

– Je suppose. Mais papa n'aurait jamais laissé quelqu'un venir ici avec une arme, j'en suis sûr.

– Sauf s'il ne savait pas qu'il en avait une. Il aurait pu la cacher. Ou…

Ou menacer ton père, pensa-t-elle. Elle préféra ignorer cette possibilité. Elle ne connaissait pas le père de Jonathan, cependant l'idée qu'une chose pareille arrive à Mondétranges lui donnait mal au cœur.

– Je suis sûr qu'il y a une explication logique.

Jonathan se tourna vers Tam.

– Si cet homme est passé par Mondétranges, je vous présente mes excuses.

Tam s'essuya le nez d'un revers de main.

– C'est pas grave. Il est pas revenu.

– Tant mieux. Bon, ce n'est pas tout ça, mais on ferait mieux de rentrer, s'exclama Jonathan d'une voix faussement enjouée.

– Non ! Vous devez venir voir la maison ! Ça fait tellement longtemps… je parie que tu n'as même pas vu le troisième niveau !

– Vraiment, je ne sais pas si…

Tam lui lança un regard noir.

– D'accord, céda Jonathan. On va venir voir. Pas longtemps.

Les enfants crièrent de joie et tournèrent les talons pour montrer le chemin.

– Suis-les mais fais attention, murmura Jonathan dans l'oreille de Flick. Ils ne sont pas ce qu'ils paraissent. Ne consomme rien de ce qu'ils te donnent. Ne leur promets rien, et ne dis pas que tu vas rester plus longtemps. Et ne leur dis pas ton vrai nom.

– Je leur ai déjà dit ! souffla-t-elle, horrifiée.

– Non, tu as dit « Flick ». Ça va. Ne leur donne pas ton nom entier, compris ?

– Pourtant ils connaissent le tien ?

– Ils connaissent *un* nom, soupira Jonathan. Pas mon prénom. Ne t'inquiète pas pour moi.

Ils furent séparés par un garçon roux carotte, qui leur passa avec enthousiasme un bâton à chacun.

Flick s'en saisit et se laissa mener toujours plus profondément dans la forêt.

17

Si vous prévoyez de gambader avec des fées ou des êtres féeriques, comme la bande d'éternels enfants de Tam, il y a des règles à respecter. Si Flick avait pris le temps de consulter son guide, elle aurait trouvé une page vers la fin portant la liste de ces règles.

Interactions avec les fées ou les êtres féeriques

1. *Ne mangez rien qui vous soit offert.*
2. *Taisez votre vrai nom.*
3. *Ne dormez pas !*
4. *Ne vous éloignez pas du chemin.*
5. *Souvenez-vous : ils ne peuvent pas mentir.*

Il peut être difficile de savoir si vos hôtes font partie de la famille des fées. Cependant, il existe des signes distinctifs :

1. Un côté enfantin et un constant désir de jouer.
2. Pas d'âge visible.
3. Un amour des chansons, des jeux et des spectacles.
4. Une magie intraçable. Par exemple, faire apparaître des objets, changer de forme ou disparaître sans utiliser d'incantation ou de magie en bouteille.

Comme toujours, traitez vos hôtes avec respect, mais tenez-vous-en aux règles ci-dessus.

Flick avançait avec précaution à travers la forêt, bien différente de celles qu'elle connaissait. Près de chez elle, les bois d'arbres malingres étaient traversés de routes goudronnées ou pavées. Dans la Forêt de Tam, il y avait des arbres et un sol poussiéreux, mais pas vraiment de chemin. Elle savait qu'ils se seraient vite perdus s'ils n'avaient pas eu les enfants pour les guider. Des champignons rouge vif à pois blancs poussaient par grappes au pied des arbres. Parfois, du coin de l'œil, elle captait un mouvement porté par plus de pattes qu'il n'était nécessaire.

– Il y a des… *choses* dans cette forêt.

Jonathan hocha la tête.

– Oui. Ne t'éloigne pas.

Ils descendirent une petite colline au bas de laquelle les arbres s'ouvraient en cercle parfait pour former une clairière remplie de cabanes en bois dans les arbres, de toboggans, de ponts de lianes, de balançoires et de hamacs.

Flick s'arrêta, bouche bée. Elle était bien trop vieille pour les aires de jeux, et depuis que Freddy était né elle avait dû se contenter de le pousser sur les balançoires pour bébés, mais là… Elle voulait gravir la première échelle quatre à quatre et ne s'arrêter que lorsqu'elle serait à bout de souffle.

– C'est… c'est le meilleur parcours d'aventures du *monde*.

Jonathan la foudroya du regard.

– N'y pense même pas. Je refuse de te laisser ici, alors je t'interdis d'aimer cet endroit. Même pas en rêve. Tu ne dois absolument pas être charmée par ce lieu, dit-il d'une voix où perçait la panique.

– Pourquoi ?

– Parce que si tu l'aimes trop, tu risques d'avoir envie d'y rester, dit-il en changeant la valise de main. Tu n'es pas trop vieille pour te retrouver coincée ici. Et nous devons partir, de préférence bientôt.

Il regarda sa montre. Les aiguilles tournoyaient dans les deux directions : impossible de lire l'heure.

– Oh, parfait. Le temps est distordu. Je ne sais pas à quelle vitesse il passe.

L'estomac de Flick se serra.

– On ne va pas découvrir que tout le monde a vieilli en rentrant, n'est-ce pas ?

– Ça m'étonnerait. Nous avons quelques heures avant qu'on remarque notre absence. Peut-être un peu moins. Le temps ici est gouverné par des enfants. Tu sais qu'il semble passer plus vite quand on s'amuse, et très lentement quand on s'ennuie ? Eh bien ici, c'est une réalité.

Il se pencha plus près.

– Souviens-toi : ils ne doivent pas apprendre ton nom. Ne mange rien de ce qu'ils t'offrent. Et ne leur promets rien.

Ils atteignirent le bas de la colline, les petits guerriers les poussant comme des trophées au milieu de la clairière. D'autres enfants sortirent des huttes et cabanes pour se joindre à la clameur générale.

C'était un mélange de toutes les aires de jeux que Flick connaissait, mais clairement conçues par des enfants, pas par des adultes. Il n'y avait pas de matière amortissante sur le sol, seulement des hamacs, des balançoires et des ponts qui s'élevaient vers le ciel. Des échelles étaient clouées au sommet des bâtiments, et des trous dans le sol menaient à des tunnels.

Au milieu se trouvait une longue table où s'empilait de la nourriture, avec des rondins en guise de sièges. Les enfants se précipitèrent, entraînant leurs visiteurs derrière eux.

Jonathan s'installa sans hésiter. Il poussa un rondin, s'assit sur la valise et commença à remplir une assiette, imitant ses voisins qui se servaient à pleines mains de fromage orange, de gâteau bleu et de chips vertes.

Flick se retrouva sur un tabouret face au jeune homme, une assiette devant elle et une cuillère à la main. Elle contempla la pile de nourriture et, bien qu'elle évite d'habitude les aliments aux couleurs phosphorescentes, son estomac gargouilla avec impatience.

Elle tendit le bras et s'arrêta net.

Ne mange rien de ce qu'ils t'offrent.

Avec sa cuillère, Flick donna une tape sur le flan violet posé devant elle. Il tremblota en émettant le bruit d'un ballon qu'on dégonfle. D'habitude, la nourriture n'était pas accompagnée de bruitages de dessin animé. C'était déstabilisant. D'ailleurs, où était-elle préparée ? D'où venait-elle ?

Était-elle même réelle ?

Autour d'elle, les enfants remplissaient leurs assiettes, et Jonathan lui aussi se servait tout en répondant aux questions de ses voisins. Bien qu'il ne mange rien, il donnait l'impression d'être très occupé, faisant tournoyer ses couverts et réarrangeant les aliments sur son assiette. Flick vit qu'il avait dessiné un visage, se servant d'une demi-tomate pour faire un nez sous des cheveux en spaghettis.

Oh… Il ne mange pas, il joue *! Il fait ce que tous les enfants font avec leur nourriture, et du coup ceux-là ne remarquent rien !*

Elle agrippa sa cuillère. Elle était championne à ce jeu-là : paraître occupée pour que sa mère ne remarque pas qu'elle évitait de manger les épinards dans son assiette. Elle se servit une énorme portion de purée et commença à la sculpter en forme de bonhomme de neige, ajoutant du fromage râpé comme mortier.

BOUM !

Flick sursauta, écrasant sa sculpture par mégarde.

Tam était debout sur son siège, agitant une énorme chope de bière remplie de milk-shake à la banane.

– Fermez-la, tout le monde !

Tout le monde se tut.

– Je souhaite la bienvenue aux invités capturés dans notre filet-piège. La fille Flick et le Mercator, qui est un adulte maintenant.

Cette déclaration fut accueillie par des applaudissements. Jonathan sourit à moitié et Felicity fit nerveusement un signe de la main.

– On n'amène que des enfants chez nous, dit Tam en marchant dans un bol de yaourt. D'habitude. Des adultes viennent de temps en temps, par contre on n'aime pas qu'ils restent ici, dans notre maison. Mais... je pense que c'est différent si on les a connus quand ils étaient petits. Je pense que c'est le meilleur endroit pour eux. Ils peuvent rester ici. Et ils vont rester !

Les enfants hochèrent la tête, comme si c'était parfaitement logique.

Ils vont rester ? Flick fixa Jonathan, horrifiée. Celui-ci arborait une expression affolée.

– Nous ne voudrions pas vous déranger, dit-il d'une voix étranglée.

Tam but une gorgée de milk-shake.

– Aucun dérangement. Toujours de la place pour d'autres. Et on pourra te montrer comment jouer à nouveau. Peut-être même que tu redeviendras *jeune* !

Il sourit de toutes ses dents, et les autres enfants approuvèrent bruyamment. Flick grimaça un sourire. Elle ne pouvait pas *rester* ici. C'était n'importe quoi.

– Alors n'embêtez pas nos invités, vous autres ! Maintenant, mangez votre dîner ou vous irez au lit !

Tam se rassit. Le chaos reprit.

Sous couvert d'atteindre les petits pois au centre de la table, Flick interpella Jonathan à mi-voix :

– Qu'est-ce qu'on va *faire* ? Je refuse de m'arrêter ici !

– Nous devons juste nous éclipser sans être remarqués, murmura-t-il en étalant de la sauce tomate pour faire des joues à son personnage. Ils n'ont jamais insisté pour que je reste auparavant. Je ne sais pas si les règles de cet endroit ont changé ou si l'inconnu armé les a rendus méfiants, mais cette fois-ci ils ont l'air assez motivés pour que nous restions.

– *Motivés ?* Tam semble penser que nous avons donné notre accord. Je sais qu'ils sont nombreux, par contre ils sont petits. Est-ce qu'on peut les neutraliser ?

– C'est leur monde, dit Jonathan en secouant la tête. Ils gagneront toujours, quel que soit l'adversaire. Et nous ne voulons pas les vexer. Il se peut que nous devions revenir.

– Tu es bien trop calme à mon goût.

– J'ai été dans de pires situations. S'échapper pendant un jeu serait la meilleure option.

– Un jeu ?

– Cache-cache, par exemple ?

– Mais tout le monde est en train de manger, fit-elle remarquer en agitant sa cuillère.

Un morceau de riz au lait s'en détacha pour aller atterrir comme un boulet de canon dans la soupe d'un garçon voisin.

Il y eut un silence tendu.

– Hé ! s'exclama le gamin en frottant les taches de soupe sur sa combinaison.

Flick ne savait pas quoi dire. Celui qu'elle avait atteint semblait préparer un hurlement digne de Freddy. Tam leva les yeux de son morceau de gâteau, fronça les sourcils et tendit la main vers son bâton.

Sans savoir ce qu'elle faisait, Flick empoigna sa cuillère, racla le reste de son bonhomme de neige, visa… et envoya la purée droit sur Jonathan.

Frappé entre les deux yeux, celui-ci tomba comiquement en arrière, non sans s'être débrouillé pour balancer son assiette en direction de Flick. Les spaghettis et la sauce tomate s'étalèrent sur son T-shirt tout en éclaboussant sa voisine, qui poussa un cri strident et lança sa cuillerée de glace au chocolat sur les convives en face.

Le jeu se propagea le long de la table comme la varicelle dans une crèche.

La nourriture fut projetée, la soupe renversée, la vaisselle brisée et le glaçage étalé sur la table tel du vernis. Les cris de colère se transformèrent en cris de joie.

Jonathan attrapa le bras de Flick et la propulsa par-dessus la table.

– Allez, viens ! dit-il en la traînant à travers les restes du festin.

Elle se remit debout, attrapa la valise au passage et prit ses jambes à son cou. Ils dépassèrent Tam (qui ne les remarqua pas, tout occupé qu'il était à manier une baguette de pain à la manière d'un sabre) et passèrent sous un pont suspendu d'où un gamin lançait du popcorn en guise de confettis.

Flick plongea derrière une cabane.

– Jonathan ! Ici !

Il fit un dérapage contrôlé. Flick défit les fermoirs. La valise s'ouvrit d'un coup et l'odeur de l'agence les enveloppa.

– Allons-y.

Toujours couverte de nourriture, elle grimpa dans la valise, passant par le vertige familier avant de ressortir dans son monde.

18

Ils atterrirent tant bien que mal, Jonathan manquant tomber dans l'âtre et Flick se rattrapant sur le bureau. Elle aperçut son reflet dans le miroir au-dessus de la cheminée.

– Mes vêtements ! gémit-elle en contemplant le mélange de pâtes, petits pois et glace étalé sur sa poitrine. Et mes cheveux !

Jonathan sourit de toutes ses dents.

– Tu t'en es sortie magistralement là-bas, je dois dire. Il faut rendre à César… tout ça. Je pensais que ce serait calme, mais tu as très bien géré l'aventure qui s'est présentée, magnifique ! Bravo. Vraiment, bravo.

Ses compliments étaient quelque peu atténués par le fait que ses lunettes étaient recouvertes d'un mélange ketchup-purée.

Flick se tapota le menton.

– Euh… tu as un petit…

– Oui, nous sommes tous deux un peu défraîchis. Prends une douche là-haut, si tu veux.

– Un peigne serait un début, soupira-t-elle. Je ne sais pas si mon T-shirt est récupérable.

Une masse orange s'en détacha à ce moment-là pour venir s'écraser sur le sol.

– J'ai peut-être quelque chose pour toi. Attends ici.

Jonathan disparut au premier pendant que Flick tentait d'ôter de ses cheveux les plus gros morceaux avec un essuie-tout humide.

– Voilà, dit-il en revenant avec un peigne à moitié édenté et un T-shirt rose. Ce sera sans doute un peu grand, désolé. Prends ton temps dans la salle de bains.

– Merci, dit-elle en se dirigeant vers l'escalier de l'autre côté de la cuisine.

Elle n'était jamais allée à l'étage de Mondétranges. Elle avait l'impression de déranger.

L'escalier était étroit – à peine la carrure d'un adulte – et raide. Des cadres s'alignaient de chaque côté, de tailles et siècles variés, leurs habitants fixant Flick d'un air sombre. Les photos dressaient des portraits d'époque, leurs sujets vieillissant au fur et à mesure qu'elle montait. Beaucoup d'entre eux ressemblaient à Jonathan : les mêmes cheveux noirs, la même peau claire et le même air de fierté et de responsabilité. Petit à petit, la couleur apparaissait dans les cadres jusqu'à ce que, sans prévenir, Felicity se retrouve nez à nez avec le double de Jonathan. Elle s'immobilisa devant la photo, un pied sur la marche suivante.

Un garçon souriait de toutes ses dents sauf les deux du haut, manquantes. Son uniforme trop grand ressemblait un peu à celui de son nouveau collège, cravate, grandes chaussettes, casquette, la totale. Il avait les cheveux bouclés de Jonathan, ou plutôt ce dernier avait les siens et, bien que Flick n'ait jamais vu son compagnon sourire avec une telle insouciance, elle savait que si ça lui arrivait un jour il ressemblerait exactement à ça.

Le garçon sur la photo devait être son père.

– Tout va bien ? appela l'intéressé.

– Oui, désolée, répondit-elle en gravissant les dernières marches à la hâte.

En haut de l'escalier, le garçon devenu adulte posait avec une femme aux longs cheveux qui contemplait un bébé emmailloté dans une couverture. Flick devinait sans peine qui était le bébé.

Après un passage éclair dans une salle de bains beaucoup moins organisée que l'agence – trouver une bouteille de shampoing pleine au milieu des vides était digne d'une chasse au trésor –, elle redescendit, les cheveux encore plus bouffants qu'avant, flottant dans le T-shirt rose et portant le sien, mouillé, à la main. Le bruit de ses pas dans l'escalier fit se retourner Jonathan, qui était en train de remplir la bouilloire. Il avait changé de chemise.

– Tout va bien ?

– Oui, merci.

Elle s'appuya contre le plan de travail. Être de retour dans le calme de l'agence semblait surréaliste et presque… ennuyeux. Elle était impatiente de préparer leur prochain voyage, de tirer une autre valise de son casier.

– C'est toujours comme ça ? La fuite, l'évasion ? C'est toujours une aventure ? Toujours…

Elle essaya de trouver un mot à mi-chemin entre « dangereux » et « excitant ».

– … comme ça ?

Jonathan la fixa pendant quelques secondes dans un silence de mort. Puis il esquissa un sourire sincère, presque imperceptible si vous ne le connaissiez pas.

– Oui, ça l'est.

Flick lui rendit son sourire.

Une heure plus tard, son T-shirt séchait doucement devant le feu et Flick avalait les dernières bouchées d'un muffin. Jonathan écrivait dans l'un des épais registres du bureau, une tasse de thé froid à côté de lui. Le compte-rendu de Flick avait été bien plus concis.

– Je ne comprends pas pourquoi Tam voulait tant que nous restions, dit le jeune homme sans lever le nez. On pourrait croire qu'une mauvaise rencontre avec un adulte les aurait rendus d'autant moins accueillants. Mais c'était comme s'ils avaient *besoin* de nous. Très étrange.

Hochant la tête, elle fit tournoyer la loupe de Jonathan et regarda à travers. Une fois de plus, la valise par laquelle ils étaient passés scintillait de magie, bien plus que les autres.

– Tu t'amuses ? demanda-t-il.

– On peut dire ça, répliqua-t-elle en passant la main dans le flot de paillettes. Je réfléchis. La valise brille parce qu'on l'a utilisée, c'est ça ?

Jonathan s'immobilisa devant la bibliothèque, où il cherchait une place pour son registre.

– La valise qu'on a prise pour aller dans la Forêt de Tam. Elle brille. Pareil pour celle de la Forêt de Cristal et… celle du phare. C'est parce qu'on les a utilisées, non ?

Il ne répondit pas, les yeux toujours fixés sur la bibliothèque.

La magie tourbillonnait autour de Flick, comme si elle la saluait, et une douce chaleur se répandit dans sa poitrine.

– J'adore ça. Voir l'invisible. J'ai l'impression de vraiment avoir ma place dans la Société Mondétranges, grâce à cette vision qui nous unit.

– Oui, répondit vaguement Jonathan en coinçant le registre entre deux romans.

Elle abaissa la loupe et caressa la poignée avec affection. Elle ne voulait vraiment pas s'en séparer.

– Tu dis que c'est toujours une aventure… Jonathan, tu écoutes ?

Il secoua légèrement la tête et se tourna vers elle, l'air concentré.

– Quoi ? Oui, j'écoute. Je t'écoute toujours.

Elle soupira et continua d'un ton plus conciliant :

– Je sais qu'on est censés le rechercher, mais tu es sûr que ton père *veut* qu'on le trouve ? Ou qu'il est encore…

Elle fit une grimace navrée.

– S'il est quelque part dans le Multivers, je le trouverai. Un Conservateur n'abandonne pas ses responsabilités à la légère, même face au danger.

– Au danger ?

Jonathan haussa les épaules.

– Tu ne vivras jamais d'aventures en étant trop prudente. J'ai vu certaines personnes rentrer pleines de regrets du monde qu'elles avaient visité. Je pense que certains choisiraient de rester là-bas s'ils le pouvaient.

– C'est possible ? demanda Flick.

L'idée de rester dans la Forêt de Tam lui avait paru terrifiante, mais d'autres auraient pu réagir différemment.

– On peut rester dans un autre monde, si on veut ?

– Je n'ai jamais connu personne qui l'ait fait de son plein gré. C'est pour cela que je dis à mes clients de *ne pas perdre leur valise.* C'est la seule façon de rentrer.

– D'un autre côté, si on ne veut pas être retrouvé, il y a plein de mondes où se cacher.

– Il est très difficile de vivre dans un monde où l'on n'est pas né.

– Pourquoi ? demanda-t-elle, curieuse.

– On a tous une quantité limitée de force vitale. C'est une sorte de magie personnelle. Lorsque tu vis dans ton propre monde, elle s'écoule jour après jour, année après année, jusqu'à ce que tu n'en aies plus. C'est ce qui définit la durée de ta vie.

Flick avait l'impression de sentir sa vie s'écouler au rythme de la cacophonie des pendules. Elle n'aimait pas ça.

– Et quand tu es dans d'autres mondes ?

– Vivre dans un monde qui n'est pas le tien pompe ta force vitale. Au début, on se sent juste fatigué, puis on est malade, et enfin on meurt bien avant son heure. Le seul espoir est de rentrer chez soi. Si la flamme de ta vie brûle normalement, c'est-à-dire une allumette à la fois, se retrouver coincé dans un autre monde… ce serait comme allumer un feu de joie.

Flick le regarda. Dans le silence, elle savait qu'ils pensaient tous les deux à Daniel Mercator.

19

C'est une vérité bien connue qu'un mensonge énoncé pour protéger quelqu'un lui fera, sur le long terme, plus de mal que de bien. Et que ce « long terme » adviendra toujours plus tôt que prévu.

En règle générale, mentir rendait Jonathan très mal à l'aise et, une fois Felicity rentrée chez elle, il passa le reste de la journée rongé par la culpabilité.

Il avait grandi dans une famille où les mensonges bien intentionnés faisaient partie intégrante de la conversation. Ses parents ne voulaient pas prendre le risque qu'il parle de l'agence de voyages Mondétranges à ses petits copains. Ainsi, ils gardaient pour eux la vérité sur le contenu des valises de peur qu'il ne décide d'y pénétrer par esprit d'aventure.

Depuis toujours, on avait dit à Jonathan que l'agence – où il ne mettait les pieds que lorsqu'il n'y avait absolument aucune solution pour le faire garder – était un territoire réservé aux adultes. Il ne vit jamais personne sortir d'une valise, et n'apprit la vérité sur la profession de ses parents qu'à l'adolescence.

Et la façon dont il la découvrit n'était pas du tout ce que ces derniers avaient prévu.

Presque quatre ans avant de rencontrer Flick, un Jonathan de quatorze ans avait trouvé la porte de chez lui fermée en rentrant du collège. Il n'avait pas de clé – l'un de ses parents était toujours là pour l'accueillir – et personne ne répondit au téléphone quand il tenta d'appeler la maison. Lorsqu'il essaya les portables, cela ne sonna même pas. C'est là qu'il sut où ils étaient. Ce vieux magasin affreux. Il n'y avait jamais de réseau là-bas, à cause du plomb dans le toit, disaient-ils.

Énervé, affamé et frigorifié, il se mit en marche vers le village. Il n'avait pas d'argent pour le bus et, en avançant le long de la route principale, il répétait face à des parents imaginaires la dispute qu'ils auraient en arrivant et dont il était sûr de sortir vainqueur.

Le temps d'arriver en ville, il n'avait presque plus de batterie et était tellement en colère qu'il ne sentait plus le froid. Ses parents ne l'avaient jamais laissé ainsi. En arrivant au magasin défraîchi, il aperçut la lueur d'une lampe. Ils étaient maniaques des interrupteurs, et ne pouvaient donc qu'être là.

La porte n'était pas fermée à clé. Jonathan entra en lançant un regard noir au feu dans la cheminée et aux valises dans leurs casiers.

– Maman ? Papa ?

Pas de réponse. Pas de mot sur le bureau, juste le téléphone de son père, sans une barre de réseau.

Mais pourquoi ne l'avait-il pas emporté, s'il n'était pas là ?

Il monta à l'étage, fit vite le tour de la salle de bains et des placards avant de redescendre. Il était au centre de la pièce, essayant de passer en revue toutes les explications logiques, quand le clocher de l'église sonna sept heures.

Il était plus tard qu'il ne pensait.

Une sensation de froid gluant s'insinua sous la peau de Jonathan, remplaçant son énervement par un désir de disparaître, juste un instant. Il s'appuya au bureau et resta ainsi quelques minutes. Puis il se rendit dans la cuisine pour faire une tasse de thé, conscient qu'il n'avait pas le droit d'utiliser le gaz tout seul et que ses parents seraient furieux. Quelque part, c'était réconfortant : si ses parents étaient en colère, cela signifierait qu'ils seraient là, avec lui.

Il prépara trois tasses, les faisant infuser lentement, ajoutant le lait au compte-gouttes, le sucre à la pince, tout en se racontant des mensonges. En négociant avec l'Univers :

Ils rentreront quand la bouilloire sifflera. Ils rentreront quand j'aurai ajouté le lait. Ils rentreront quand j'aurai apporté la troisième tasse à côté.

Ils ne rentrèrent pas.

Le garçon s'assit dans le fauteuil pivotant, une tasse dans les mains. Dehors, le soleil s'était couché depuis longtemps. Les ombres projetées par les réverbères s'allongeaient vers la porte comme des doigts crochus. Il se leva pour fermer le verrou, laissant les stores à moitié levés afin que la lumière soit visible de l'extérieur : au cas où son père, sûrement appelé pour une course urgente, reviendrait chercher son portable.

Personne ne vint. Le feu s'éteignit et Jonathan se rendit compte qu'il était immobile depuis un bon moment. Il étira ses membres engourdis et alla chercher des couvertures dans la chambre du haut avant de s'installer dans un des fauteuils devant les braises, prêt à lutter contre le sommeil. Finalement, épuisé, il finit par sombrer vers minuit.

Plusieurs heures plus tard, il fut réveillé par un cri.

Jonathan sursauta, se redressant d'un coup. Devant ses yeux se déroulait une scène improbable : quelqu'un sortait de l'une des vieilles valises comme d'une trappe.

– Papa ? chuchota-t-il, sonné.

À la lueur de la lampe, il aperçut du sang sur le visage de son père. Ce dernier laissa échapper un gémissement terrible en voyant le garçon.

La valise se referma d'un claquement sec.

Le père de Jonathan fixait son fils comme s'il pouvait disparaître à tout instant.

Jonathan avait mille questions, mais une seule parvint jusqu'à ses lèvres :

– Où est maman ?

Le visage de son père se décomposa.

Et rien ne fut plus jamais comme avant.

20

Flick ajusta son sac à dos. Elle avait récité le serment, épinglé sur sa manche le badge défraîchi représentant une loupe sur fond rouge traversée d'un schisme, elle était fin prête. À la demande de Jonathan, elle avait apporté de quoi se changer une ou deux fois ainsi que des provisions.

– Une visite plus longue, répéta-t-il, faisant les cent pas tel un ours en cage. Une vraie aventure, digne de la Société Mondétranges. Arrêtons de faire des allers et retours éclair. Et, s'il y a bien un endroit où nous avons une chance de retrouver mon père, c'est là-bas.

D'un geste théâtral, il sortit une valise rose et doré et la présenta à son amie.

– Pourquoi ?

– C'est la Cité des Cinq Lanternes, répondit-il avec un grand sourire. Centre nerveux du Multivers hébergeant un avant-poste de la Société Mondétranges.

– Tu peux répéter ça en français ?

– Imagine un endroit où les frontières entre les mondes sont toutes très fines.

– C'est différent d'un schisme ?

– Oui, même s'il en existe beaucoup. Dans cette ville, tellement d'énergie passe les frontières entre les mondes qu'elle est devenue une sorte d'intersection. De nombreuses valises y mènent, celle-ci n'est que l'une d'entre elles.

– Elle ne vient pas des casiers, si ?

– Non, elle vient de l'Arrière-Boutique.

– L'Arrière-Boutique ?

– Il y a ici plus de sept cents valises, Felicity. De toute évidence, elles ne sont pas toutes dans cette pièce. Elles ne tiendraient pas : c'est une agence de voyages, pas un TARDIS. On garde les valises dont on a besoin dans l'agence, et on stocke le reste.

Il parcourut rapidement le guide de Cinq Lanternes.

– C'est vraiment une ville fascinante. Il y a une théorie selon laquelle elle est en fait le *produit* d'une accumulation de magie, qu'elle est apparue *à cause* des schismes.

Il passa le livre à Flick en lui désignant un paragraphe.

Il est important de garder à l'esprit que la ville elle-même est construite - peut-être même maintenue en vie - par l'existence des schismes, et donc extrêmement fragile. Si cet équilibre venait à changer, le résultat pourrait être catastrophique. La ville est une plaque tournante de marchandises et de magie* dans laquelle vous croiserez souvent des gens qui paraissent avoir des pouvoirs surnaturels.

****Cinq Lanternes est l'un des lieux où il est possible d'obtenir de la magie en bouteille - voir les notes sur les devises.***

Flick fronça les sourcils.

– L'équilibre de cet endroit est si fragile ?

– Oui, c'est sans doute pour ça que mon père s'y est rendu, il devait être inquiet. La magie y est utilisée en tant que source d'énergie, comme du fioul : elle a donc besoin de se renouveler. D'habitude, le nombre d'habitants et de voyageurs suffit.

– *D'habitude ?* répéta-t-elle, dubitative. Ils utilisent la magie pour des enchantements ?

– Et en tant que monnaie. Cet endroit n'utilise pas d'argent, juste des objets de valeur. Alors…

Il sortit de sa poche un sachet en tissu et en renversa le contenu dans sa main.

– J'ai un badge de mes dix ans (il désigna un pin's rose « Joyeux anniversaire »), un dé de ma collection et des coquillages que j'avais ramassés, enfant. Rien de très précieux, mais j'espère que c'est assez pour rapporter quelques souvenirs et nous payer une chambre.

– C'est la valeur sentimentale des objets qui compte ?

Elle songea à sa tranche d'agate. Peut-être qu'à Cinq Lanternes elle vaudrait de l'or, littéralement !

– Ce qui est magique, c'est l'importance et le sens de l'objet pour son propriétaire. Du coup, les gens payent ce dont ils ont besoin avec des bibelots plus ou moins chers à leurs yeux. Tu peux même mettre la magie d'un objet en bouteille et l'économiser pour ce que tu veux faire ou acheter. C'est juste une forme d'énergie.

Flick tapota ses poches vides.

– C'est pas juste que tu sois seul à te séparer de tes trésors. Tu aurais dû me demander d'apporter quelque chose.

– Je ne veux pas que tu perdes ce qui t'est cher, dit Jonathan en déplaçant la valise au centre de la pièce.

– Et Cinq Lanternes est née à cause des schismes, c'est ça ?

– C'est une théorie. Certaines personnes pensent que, s'il y a une concentration suffisante d'énergie, un monde peut apparaître.

– Ça veut dire qu'avec assez de magie n'importe qui pourrait créer un monde ?

Jonathan s'immobilisa.

– Je suppose que oui. Mais il n'existerait pas longtemps.

– Pourquoi ?

– Les mondes ne créent pas d'énergie, ils s'en nourrissent seulement. La magie vient du vivant. Les gens, les animaux, les plantes, même les bactéries. Les êtres vivants sont responsables de l'existence de leur monde, bien qu'ils l'ignorent souvent. Un monde créé de toutes pièces ne serait qu'une pièce vide. Et si quelqu'un essayait de vivre dedans… Tu te souviens des conséquences ?

– Il brûlerait la chandelle par les deux bouts.

– Et le monde affamé brûlerait avec lui.

Après un court silence, il se ressaisit et haussa les épaules.

– Sur cette pensée réjouissante, en route pour notre prochain voyage ! La Cité des Cinq Lanternes abrite un endroit très spécial.

– Quoi donc ?

Le sourire de Jonathan se fit plus sincère.

– L'Emporium du Voyage Vifargent. Une autre agence de voyages, un autre avant-poste de la Société Mondétranges.

La Cité des Cinq Lanternes était située dans une sorte de pli universel. S'il avait existé une carte de tous les mondes connus et de leurs connexions, Cinq Lanternes en aurait été le centre. Avec son abondance de schismes, rien ni personne ne surprenait ses habitants. L'endroit débordait de magie et d'étrangeté : même la géographie de la ville se réorganisait régulièrement.

Personne ne s'alarma donc de voir une valise rose et or apparaître sur la place comme par enchantement et deux jeunes gens en sortir.

Des voyageurs, songèrent les passants.

Des clients, songèrent les commerçants.

Des victimes, songèrent les Chapardeurs.

Bien que Flick ne soit jamais allée en Espagne, la Cité des Cinq Lanternes correspondait à son idée d'une ville espagnole : articulée autour de cinq places, chacune agrémentée d'une fontaine dont partaient en étoile des rues en pierre rouge corail bordées de pavés blancs et roses. De grands réverbères à gaz attendaient l'heure de s'allumer. Des gens tirant des carrioles ou portant des plateaux arpentaient la ville en vendant tout et n'importe quoi : de minuscules perles, des fruits bleus et violets, d'immenses rouleaux de tissu. Des magasins s'alignaient autour des places, leurs étals rivalisant de couleurs pour attirer les yeux des passants. Dans les vitrines, des pancartes vantaient les marchandises : « Crânes de chats – Plusieurs tailles disponibles » ou « Foudre de bonne qualité – Achetez deux éclairs, le troisième est gratuit ».

Des centaines de personnes s'affairaient de part et d'autre. À première vue, ces gens avaient l'air tout à fait normaux mais, en y regardant de plus près, Flick voyait bien qu'ils n'étaient pas terriens. Certains arboraient des anneaux d'or et d'argent sur des oreilles pointues, d'autres portaient des gants conçus pour six doigts. Un homme à la peau bleu vif tentait d'intéresser les passants aux bouteilles scintillantes qu'il portait à la ceinture. Une femme – le sosie de la dernière maîtresse de Flick – disparaissait parmi les plantes de son étal, les tatouages floraux qui lui couvraient le corps ondulant comme mus par la brise.

– Regarde, dit Jonathan en attirant son attention.

Deux jeunes filles s'étaient installées près de la fontaine. L'une d'elles posa un chapeau sur le sol pendant que l'autre enfourchait un monocycle dont la roue avait été remplacée par une bulle translucide.

– Des acrobates ? demanda Flick en sautant d'un pied sur l'autre pour essayer de voir par-dessus la foule qui s'était assemblée.

– Des artistes. Elles vont faire leur numéro et les gens donneront des bibelots, si ça leur plaît.

La fille sur le monocycle pédala d'avant en arrière de plus en plus vite, jusqu'à ce que celui-ci s'élève dans les airs tel un ballon. Flick retint son souffle.

Plusieurs babioles atterrirent dans le chapeau ; la fille restée au sol fit un saut périlleux arrière avec un grand sourire en direction des donateurs. Celle du monocycle lui tendit la main et la hissa au-dessus de la foule, où elles continuèrent leur numéro, l'une pédalant pour rester en l'air, l'autre debout sur les épaules de la première.

– On peut leur donner quelque chose ? demanda Flick.

– Pourquoi pas ?

Jonathan plongea la main dans sa poche et en sortit ses trésors, qu'il observa attentivement. Il lança le badge d'anniversaire dans le couvre-chef.

– Le rose n'a jamais été ma couleur, de toute façon.

– Dans ce cas, pourquoi un badge rose ?

– La personne qui me l'a donné pensait que j'étais une fille. Allez, viens. On a beaucoup à voir.

Impossible d'être pressé pour parcourir Cinq Lanternes : l'endroit était bien trop animé. Il n'y avait aucune différence entre la chaussée et les trottoirs : les tricycles, les scooters et les petites voitures ouvertes pétaradantes se frayaient un chemin à travers la foule qui s'écartait à contrecœur pour les laisser passer. Partout, des vendeurs bataillaient pour capter l'attention des passants.

« Cerf-volant autonome, ici, mesdames et messieurs ! Achetez un cerf-volant autonome pour vos bambins, il ne lui faut qu'un souffle de vent pour voler toute la journée. Une petite babiole seulement, pas cher, mes bonnes dames… »

« Plus jamais mouillés ! Vraie peau de marle à peine pêchée. Garantie imperméable… »

« La commission la plus basse de Cinq Lanternes. Nous mettons en bouteille ce que d'autres refusent. Oui, madame, même un objet minuscule ! Nous gardons juste un honnête pourcentage, vous reviendrez vite chez nous. Meilleure mise en bouteille de Cinq Lanternes, demandez à nos clients… »

Des bouteilles de tailles variées couvraient le stand de ce commerçant. Certaines, en forme de goutte, ressemblaient à celles que Flick avait aperçues à la ceinture de l'homme bleu. Elle tira la manche de Jonathan.

– Mise en bouteille ? Qu'est-ce que c'est ?

– Lis ton guide, répondit-il en levant les yeux au ciel.

Ils s'arrêtèrent près d'un mur pour consulter le guide sans gêner la circulation.

– Là, désigna-t-il. *Mise en bouteille*.

Sur la mise en bouteille d'énergie magique

Dans certains mondes, il est capital d'avoir sur vous de la magie en bouteille. Il existe de nombreux endroits où s'en procurer, le plus pratique étant la Cité des Cinq Lanternes.

La magie est obtenue lors d'un processus de distillation par lequel l'énergie contenue dans un objet est récupérée et stockée pour être utilisée plus tard. Mettre en bouteille détruit l'objet lui-même, et les distillateurs gardent souvent une partie de la magie extraite en guise de paiement.

Pour utiliser cet extrait, le verre doit être brisé, libérant la force emprisonnée à l'intérieur.
Cette énergie a les utilités suivantes :
1. Monnaie
2. Statut social
3. Utilisation pour des actes magiques (faire temporairement disparaître un petit objet, etc.).
4. Voyages à travers les schismes vers et à partir de la Cité des Cinq Lanternes.

Flick leva les yeux.

– Je croyais qu'il était impossible de voyager à travers les schismes, accusa-t-elle.

– C'est vrai, ils épuiseraient la magie qui te maintient en vie. Mais, si tu en avais en plus, dans une bouteille, ou trois…

– Oh. C'est comme une pile, alors ?

– Un peu. Et la quantité nécessaire dépend de la personne. Les gens nés à Cinq Lanternes en sont déjà très imprégnés. Nous par contre, non.

La nouvelle que d'autres étaient bien plus magiques qu'elle ne la réjouissait pas.

– Alors on aurait besoin de beaucoup d'énergie supplémentaire pour passer par un schisme ?

– Plus que tu ne peux l'imaginer. Je ne sais même pas ce qu'il nous faudrait donner pour en obtenir autant. Et souviens-toi : nous sommes censés maintenir l'équilibre des mondes. Cette ville n'a pas besoin que nous nous mettions à accumuler de la magie comme des dragons spécialisés. De toute façon, ce n'est pas nécessaire : la valise est la façon de voyager la plus sûre et la plus élégante. Bon, je ne sais pas toi, mais je meurs de faim. Allons déjeuner. Il y a un endroit charmant pas très loin d'ici, l'Auberge du Souci.

21

De l'autre côté de la place, un homme aux cheveux blond platine observait les voyageurs avec attention. Il sortit un carnet de sa poche pour y inscrire quelques mots. L'encre brilla un instant avant de disparaître, absorbée par la page comme de la neige sur un étang.

L'homme, un Chapardeur professionnel, se leva et fit craquer ses vertèbres avant d'attacher l'unique bouton de son manteau écarlate. Pour un bon Chapardeur, pas besoin de se fondre dans la masse : il pouvait porter le rouge le plus vif sans être pour autant dérangé dans son travail. Passer inaperçu était pour les amateurs. Et, à Cinq Lanternes, voler était particulièrement profitable : la valeur d'un objet dérobé était bien supérieure à celle d'un bibelot donné de son plein gré.

L'homme regarda les amis entrer dans le quartier des restaurants. Il les jaugea mentalement : jeunes, inexpérimentés, et surtout en possession d'une valise. Depuis des mois, il attendait un Mondétranger. Des mois d'anxiété : ses employeurs et lui avaient peut-être déjà manqué leur seule chance.

Le carnet remua dans sa poche ; il le sortit pour lire la réponse, qui sembla le décider à lâcher sa filature. Il entra dans une allée menant à une rue moins animée et passa sa main sans ménagement sur la brique inégale, ouvrant une plaie qu'il appuya contre le sceau en métal des Chapardeurs martelé sur le mur. Le prix payé, le sceau trembla sous ses doigts. Les briques glissèrent sur le côté telle une porte coulissante, laissant l'homme pénétrer dans une étroite voie piétonne avant de se refermer derrière lui.

Tout en marchant, il pressa un mouchoir de coton sur sa main sanglante. Il n'y avait pas de lumière et, s'il en avait voulu, il aurait dû l'acheter lui-même. Il tolérait l'obscurité comme quelqu'un tolérerait une odeur nauséabonde : avec la certitude qu'il en serait bientôt débarrassé. C'était ainsi que tous les Chapardeurs de Première Classe traversaient la ville.

Au bout du passage, il frappa à une porte. Une voix traînante l'invita à entrer. Sa propriétaire ignora sa présence, tout occupée qu'elle était à parcourir un recueil de cartes jaunies par le temps posé sur un bureau de la taille d'un lit double.

L'homme s'éclaircit la gorge.

– Un membre de la Société Mondétranges est ici.

Elle leva la tête, l'ennui lisible sur son visage.

– Oui, Barbo, j'ai eu ton message. Un enfant, cependant. Pas notre homme.

– C'est presque un adulte, celui-là. Et le fils de Daniel Mercator, Contremaîtresse. C'est son portrait craché.

Il fit mine de cracher pour appuyer son propos.

Elle posa son menton sur sa main.

– Je vois.

– Il a une valise avec lui. Un schisme contenu dans une boîte.

La Contremaîtresse ne dit rien. Les deux Chapardeurs s'observaient ; leur vie avant Cinq Lanternes pesait sur eux comme un nuage noir. Il était préférable d'oublier certaines choses. De les enterrer.

– Vous aviez bien dit que ce n'était qu'une question de temps avant que Cinq Lanternes ne soit touchée, Gruge, euh… madame la Contremaîtresse, ajouta Barbo en corrigeant ses manières.

– Les Invisibles pourraient déjà être là, et nous n'en saurions rien…

Gruge se leva et fit craquer ses articulations.

– Le fils Mercator va se rendre à Vifargent, l'avant-poste de Mondétranges. J'ai hâte de voir sa réaction à ce qu'il y découvrira.

– Sa valise. Ça pourrait être une issue. *Notre* issue de secours.

Gruge croisa lentement les mains.

– Elle mène sans aucun doute à son monde. C'est tentant. Quoiqu'il nous faudrait alors gérer les membres de Mondétranges venus défendre l'endroit. Bien sûr, nous pourrions le menacer pour qu'il nous fournisse autre chose.

Une expression rusée apparut sur le visage de Barbo.

– Il a un autre enfant avec lui, une fille.

– Un autre Mercator ? Je ne savais pas que le Conservateur en Chef avait plusieurs enfants.

– Je ne sais pas qui elle est, mais elle pourrait nous servir.

– Comme monnaie d'échange. Enlever la fille et lui demander une valise pour la lui rendre ?

Barbo hocha la tête.

– Il vaut mieux négocier un monde que nous voulons vraiment plutôt que chaparder des restes, Contremaîtresse.

Un lent sourire se dessina sur le visage de Gruge.

– Alors pique-la. Dès que tu pourras.

Felicity sentit un mouvement dans son manteau. Elle baissa les yeux : une main – pas la sienne – était en train d'en ressortir.

– Hé !

Jonathan se retourna.

– Tu me fais les poches ? demanda Flick en attrapant le poignet d'une fille de son âge portant des boucles noires très courtes sous un capuchon rouge.

– Aïe ! Tes poches sont ouvertes, non ? C'est de bonne guerre.

– De bonne guerre ? répéta Flick, outrée.

– J'ai une licence.

De sa main libre, la fille sortit une carte de sa poche.

– Tu vois ?

Jonathan la lut à haute voix.

BRIGG DE VYCE
Chapardeuse Qualifiée – Troisième Classe

Π

Sous l'autorité de l'Ordre des Chapardeurs,
de la Cité des Cinq Lanternes
et des résidences incluses

– Ça m'a l'air en ordre. Toutes nos excuses, mademoiselle de Vyce.

– Vous n'êtes pas d'ici, n'est-ce pas ? commenta la gamine en se frottant le poignet.

– On peut dire ça.

– Eh bien, faites attention. Les Chapardeurs ont reçu un nouveau quota aujourd'hui, donc on est nombreux en vadrouille. Je vous ai entendus dire que vous alliez à l'Auberge du Souci ?

Flick fronça les sourcils, réticente à l'idée de partager des informations avec cette voleuse.

– C'est possible.

– Vous allez galérer. Ça fait longtemps que cet endroit n'est plus là.

– Comment ça ?

Brigg de Vyce la regarda de travers.

– Waouh. Vous n'êtes *vraiment* pas du coin, si ? Écoutez, si vous voulez manger, dirigez-vous à l'ouest vers la rue Griffe de Chat. Trouvez le Lys Fané. Dites-leur que vous venez de ma part, ils vous feront un prix.

– Quel genre de prix ? demanda Flick, méfiante.

Jonathan partageait sa suspicion.

– Pourquoi nous donner ce conseil ?

Brigg sortit de sa poche un dé très familier.

– Parce que c'est un joli bibelot. Ne t'inquiète pas, ajouta-t-elle avec un sourire malicieux, je t'ai laissé un reçu. À plus tard, les étrangers.

Elle fit un pas en arrière et se fondit dans la foule. Jonathan tira un morceau de papier de son manteau.

– « Reçu de chapardage. Un dé », lut-il. Bon, rien à faire, donc.

– Nous devrions aller voir la police !

Le toupet de la voleuse faisait enrager Flick, qui marchait à présent les deux mains dans les poches.

– Ça n'aurait pas de sens. Les Chapardeurs ont une licence pour travailler ici. C'est un métier au même titre que plombier ou boucher.

– Et ils laissent des reçus ?

– Je suppose que cela donne un caractère plus officiel à leur occupation. Je me demande ce qu'ils pensent de ceux qui opèrent en free-lance. Enfin, elle nous a donné un bon conseil.

– Tu penses qu'on devrait lui faire confiance ?

– Pourquoi pas ? On ferait confiance à une boulangère, à une fleuriste, non ? Alors pourquoi pas à une Chapardeuse ? Souviens-toi, ce n'est pas notre monde.

Nous ne devons pas plaquer nos règles et nos attentes dessus.

La rue Griffe de Chat était facile à trouver, et ils n'eurent pas longtemps à marcher avant de s'arrêter devant le Lys Fané : une grande auberge vert et blanc dont l'enseigne arborait un lys en train de mourir. À l'extérieur, de nombreuses tables étaient occupées par des couples ou des groupes qui buvaient du vin en mangeant des olives.

Flick soupira d'aise en pénétrant dans la fraîcheur de la salle principale : elle n'avait pas réalisé à quel point il faisait chaud dehors.

– Une table pour deux ? demanda un homme dans la force de l'âge dont la barbe était divisée en deux tresses. Ou bien une chambre ?

– Les deux, si possible, répondit Jonathan.

– Mlle de Vyce nous envoie, ajouta son amie.

L'homme sourit de toutes ses dents.

– Briggy ! Ah, voilà une honnête fille !

– Je croyais que c'était une Chapardeuse ? s'étonna Flick.

– Absolument ! Un jour elle sera l'une des meilleures, par ma barbe ! Une chambre et une table pour les amis de Briggy. Aux frais de la maison !

– Non, non, nous pouvons payer, se défendit Jonathan.

– Alors faisons moitié-moitié. Vous payez votre nourriture, je vous offre la chambre pour la nuit, dit l'homme en ouvrant les mains comme s'il n'avait rien à cacher. Vous ne trouverez pas de meilleure offre.

– Merci, sourit Flick. Comment vous appelez-vous ?

– Mes amis m'appellent Jesper. Et mes ennemis m'appellent « ce vieux buté qui en sait trop pour son bien ». Bon, une table. Il y a de l'ombre dans la cour. Suivez-moi, s'il vous plaît.

L'homme les mena à l'arrière de l'auberge, dans une cour ombragée par de grands arbres. Il mit un broc de limonade sur la table et passa un menu à Flick.

– C'est agréable. Est-ce que cet endroit est aussi bien que celui où tu voulais nous emmener ? demanda celle-ci à Jonathan.

– Il est mieux, en réalité. Nous avons eu de la chance. Le vol du dé valait presque le coup, sauf que nous n'avons plus grand-chose à échanger. Nous allons devoir faire très attention.

– Pourquoi ça ? demanda Brigg en s'asseyant à leur table et se servant un verre de limonade. Oh, ne vous dérangez pas.

La surprise passée, Jonathan fut le premier à réagir :

– Nous n'avions pas rendez-vous pour déjeuner, il me semble.

– Je ne prends pas de rendez-vous. On ne sait jamais : je pourrais avoir une meilleure proposition, répondit Brigg en se resservant un verre.

Elle sourit d'un air innocent, accentué par ses yeux pétillants de malice et ses taches de rousseur.

– Voler ta nourriture n'est pas indigne de toi, donc ? commenta Flick, acerbe.

Elle n'avait toujours pas digéré la tentative précédente.

– Qu'est-ce que tu veux dire par « indigne » ?

– Eh bien… Tu n'es pas obligée de voler, tu pourrais acheter les choses.

– Avec quoi ? Je n'ai ni le talent ni le savoir-faire pour être artisan. Mon seul don est de savoir disparaître, et je ne viens pas d'une famille riche. Chapardeur est un métier respectable. Je prends ce dont j'ai besoin, et j'en vis honnêtement.

– Mais tu voles des choses qui appartiennent à d'autres !

Brigg appuya les coudes sur la table.

– Comment tu t'appelles, étrangère ?

– Flick.

– Eh bien, miss Flick, je ne sais pas d'où tu sors, mais chaparder n'a rien à voir avec voler. Ce sont les gens cupides qui volent. Ils prennent juste pour prendre, ou bien pour priver quelqu'un d'autre. Chaparder est un talent. Un art. C'est devenir invisible, remarquer ce que le propriétaire ne surveille pas et en chaparder la propriété avant de l'échanger contre ce dont on a besoin. Je ne prends pas d'objets pour les garder ou les amasser. Je les prends pour survivre. C'est ce que l'Ordre nous enseigne.

– Alors… c'est un savoir-faire ? Qui s'apprend ?

– Oui, dit Brigg en hochant la tête, enthousiaste. Tu vas à l'école, tu apprends les trucs et quand tu reçois ta licence tu sors chaparder. L'Ordre prend une commission pour financer l'école, et c'est tout. Regarde.

Elle désigna l'une des grandes bâtisses qui surplombaient les jardins.

– Tu vois ce bâtiment en briques rouges ? C'est L'Ordre des Chapardeurs.

– En plein milieu de la ville, commenta Jonathan.

– Qu'est-ce que vous faites avec les objets que vous volez ? demanda Flick. Vous mettez leur magie en bouteille ?

– Parfois. L'Ordre n'aime pas qu'on stocke trop d'énergie. Il préfère qu'on paye en objets.

– Pourquoi ?

– Eh bien… je ne suis pas sûre.

– L'équilibre, suggéra Jonathan. Stocker trop de magie n'est sans doute pas une bonne idée.

– Ça j'en sais rien, dit Brigg d'un air hautain. Je n'aime pas la magie. J'ai pas confiance. Il y a une rumeur selon laquelle ceux de Première Classe aiment amasser de l'énergie pour sauter de schisme en schisme. Je ne ferais jamais un truc pareil. Je sais où est ma place : ici. Vous allez dans d'autres mondes ? J'aime celui où je vis, merci bien.

Elle jeta un coup d'œil à la valise et baissa la voix :

– Vous êtes de la Société Mondétranges, n'est-ce pas ?

Flick sentit ses muscles se contracter, comme pour se préparer à fuir, et Jonathan rougit.

– C'est si évident ? demanda-t-il, tentant de cacher sa nervosité sous un air bravache.

Brigg sourit et Flick se détendit.

– Ne vous inquiétez pas, je ne vais pas clamer à la ronde que vous êtes ici.

– Tu as entendu parler de la Société ?

– Je n'ai jamais rencontré l'un de vous en personne, mais oui, j'ai entendu des choses. Que vous aviez tous disparu, par exemple.

Le visage de Jonathan se ferma d'un coup.

– Et où as-tu entendu ça ?

– Les Chapardeurs. Cela fait longtemps que vous n'êtes plus dans le coin. Plus vraiment. Juste une équipe réduite, non ?

Flick songea au vide de l'agence et à la solitude de Jonathan. Même maintenant qu'elle était là, la boutique ne débordait pas vraiment d'activité.

Dans le silence gêné, Brigg haussa les épaules et avala une gorgée.

– Ça ne me regarde pas. Mais faites attention. Cet endroit n'est plus ce qu'il était.

22

– Pourquoi nous as-tu conseillé de venir ici plutôt qu'au Souci ? demanda Flick.

Brigg fit claquer sa langue.

– Parce que le Souci a disparu, et il n'est pas le seul. Cinq Lanternes a vraiment changé. Autrefois, il arrivait qu'un bâtiment disparaisse ou qu'une fontaine se mette à couler à l'envers, mais maintenant c'est tout le temps. Des rues entières se volatilisent. Les stands, les magasins… les gens.

– Les gens ? répéta Jonathan.

Le cœur de Flick se serra.

Je suis le dernier des Mercator…

Elle jeta un coup d'œil à son ami, dont le visage avait viré au gris.

– Il se passe quelque chose ici, continua Brigg en hochant la tête. On dit que la Société Mondétranges s'occupait de nous quand ce genre de choses arrivait. Qu'elle envoyait quelqu'un pour mener l'enquête.

Flick avait l'impression que les pièces du puzzle se mettaient en place. Sous la table, elle fit du pied à Jonathan, qui lui jeta un coup d'œil en hochant la tête.

– Pour la Société aussi, les choses ont changé, dit-il.

Brigg eut un air pensif.

– Je ne traînerais pas dans le coin, si j'étais vous. Quelque chose cloche, et je n'aimerais pas que vous vous retrouviez mêlés à tout ça.

Elle ne resta pas déjeuner avec eux. Elle salua gaiement Jesper quand il apporta leurs plats, et Flick la vit le délester d'un tire-bouchon à son insu avant de disparaître.

Elle compta jusqu'à cent en silence avant de poser la question :

– C'est ici que ton père s'est rendu en dernier, n'est-ce pas ? Pourquoi on n'est pas venus directement ?

Jonathan posa ses couverts.

– Quand je suis arrivé à l'agence après sa disparition, la valise vers Cinq Lanternes – celle qui était toujours dans son casier – n'était plus là. Il était venu ici. Je l'ai suivi grâce à cette valise de rechange. J'ai interrogé tout le monde. Les gens étaient gentils mais pas franchement coopératifs. Même carrément hostiles quand je tentais d'obtenir des informations qui auraient pu m'être utiles. Je n'avais aucun indice, je ne suis pas resté longtemps. Je suis rentré à Mondétranges pour tenter de comprendre *pourquoi* il était… parti. C'était il y a deux mois.

– Tu penses qu'il était au courant ? Les rues qui se volatilisent et tout ça ?

– C'est sûr. Il prenait ses responsabilités de Conservateur très au sérieux. Il serait venu mener l'enquête.

Elle fit une pause, pas sûre de vouloir connaître la réponse à sa question suivante :

– Tu penses qu'il a trouvé quoi ?

Jonathan ne répondit pas. L'espace entre eux était glacial. Flick repoussa son assiette.

– Il aurait pu être kidnappé ? Par les Chapardeurs ?

Le garçon eut l'air sceptique.

– Ça m'étonnerait. Même eux ont un code de conduite, des règles. Les gens, par exemple, ne peuvent pas être volés.

– Les gens ? s'étrangla-t-elle.

– Oui, dit Jonathan en sortant le guide de Cinq Lanternes. Il semble qu'il y ait un accord avec les Gardes. Voler les gens est strictement interdit. Seulement les objets inanimés.

Flick parcourut la page qu'il lui montrait.

En accord avec les Ordres des Gardes de la Cité des Cinq Lanternes, le chapardage est réservé aux objets inanimés. Cela inclut l'interdiction de chaparder les animaux et les gens. Les incidents de kidnapping doivent être rapportés aux Gardes, qui vous assisteront.

– Je ne sais pas quoi dire…

Tout portait à croire que Daniel Mercator était venu ici puis s'était… volatilisé. Soit il était mort, soit il s'était enfui sciemment, soit quelqu'un le retenait en otage. Aucune de ces options n'était réconfortante.

Jonathan haussa les épaules d'un air abattu. Flick fut prise de compassion.

– Alors… Qu'est-ce qui t'a fait revenir ici ? Après tout ce temps ?

– Toi.

Un frisson la parcourut. Sans savoir pourquoi, le fait d'avoir été la motivation de son retour à Cinq Lanternes ne lui semblait pas vraiment positif.

Leur repas terminé, Jesper les accompagna dans leur chambre (Jonathan avait assuré à Flick que, même s'ils passaient la nuit ici, seules quelques heures s'écouleraient dans leur monde). Un écran coulissant séparait des lits ovales aux allures de cocons. Un troisième écran dissimulait la salle de bains, que le jeune homme découvrit avec bonheur.

– C'est délicieusement rustique. Nous aurions pu plus mal tomber.

Flick testa l'un des matelas, qui lui sembla être un mélange parfait de douceur et de fermeté.

– J'ai hâte d'y dormir.

– Tu ne vas pas déjà *dormir*, dit-il en s'approchant de la fenêtre. C'est la nuit que cet endroit s'anime vraiment.

Jonathan n'avait pas tort. Lorsque le soleil disparut derrière l'horizon, la Cité des Cinq Lanternes révéla l'origine de son nom. Sur les places principales, chacune des cinq fontaines était surmontée d'une lampe en verre dépoli qui s'allumait au crépuscule, émettant une lumière blanc bleuté. Des guirlandes lumineuses étaient suspendues entre la fontaine et les bâtiments avoisinants, créant une toile scintillante au-dessus des touristes et des passants. Chaque stand et magasin se mettait au diapason, décorant ses étals de lumières colorées qui rivalisaient pour capter le regard.

De sa fenêtre, Flick observa un magicien briser deux bouteilles sous ses bottes et récupérer l'énergie magique libérée pour la transformer en balles de lumière avec lesquelles il se mit à jongler. Les balles traçaient des arcs lumineux, comme des queues de comète, et lorsque le magicien fit un tour sur lui-même il se retrouva entouré d'une fontaine scintillante. Flick rit, émerveillée, son trouble presque oublié, toute prête à se mêler au ballet de la foule.

La soirée était chaude et une odeur d'ail rôti et d'herbes aromatiques sortait de la cuisine du Lys Fané. Dehors, des commerçants caramélisaient des noisettes, tournaient de la viande rôtie sur des piques, faisaient frire des anneaux de pâte et remplissaient de fines pitas avec un mélange de riz et de légumes.

L'estomac de Flick grommela. Elle tira la manche de Jonathan et pointa du doigt le stand des pitas.

– On peut ?

Il leva les yeux au ciel mais la suivit.

– Quelle belle soirée ! salua la femme qui préparait la nourriture. Vous avez bien choisi : meilleur snack de Cinq Lanternes. Qu'est-ce que je vous sers ?

– Qu'est-ce qu'il y a dans celles-ci ? demanda Flick.

– Des pois jaunes épicés, du riz et des poivrons.

La commerçante lui montra la poêle où cuisait la mixture. Flick se pencha et inspira la bonne odeur qui s'en dégageait.

– Et des criquets sauteurs, bien sûr.

Elle s'immobilisa, la bouche soudain sèche.

– Des quoi ?

– Des criquets.

La femme en prit un avec la cuillère, et Flick vit que ce qu'elle avait pris pour un légume marron avait en fait des pattes.

– Délicieux. Nourrissant et pas trop épicé. Je vous en mets deux ?

Jonathan se tordait de rire.

– Mon amie ici aime peut-être les invertébrés, mais je suis végétarien. Est-ce que vous avez quelque chose sans élytres ?

– Bien sûr. Un pour chacun ?

Le jeune homme se sépara de deux coquillages pour payer et Felicity, remise de sa surprise, remercia la commerçante. Les pitas étaient chaudes et moelleuses, avec un soupçon de noix de coco. Le mélange de riz et de légumes était délicieux.

Flick était aux anges. Elle se trouvait dans un autre monde, dont elle ne connaissait même pas l'existence la veille ! La brise tiède l'enveloppait comme un châle et les lumières scintillantes l'enchantaient. Il y avait même de la vraie magie ! Elle sourit de toutes ses dents en voyant le cerceau coloré d'une acrobate de rue se dissoudre en une multitude de papillons roses.

– C'est le meilleur jour de ma vie ! s'exclama-t-elle une fois la dernière bouchée avalée.

L'expression de Jonathan oscillait entre la surprise et la pitié.

– Vrai… vraiment ?

– Ça ne veut pas dire que je ne suis pas inquiète pour…

Elle fit un geste vague en direction de Jonathan, qui haussa les épaules l'air de dire « ça ne me dérange pas ».

– Désolée. Ce n'est pas juste que je m'amuse.

– Je veux que tu t'amuses. Vraiment, il n'y a pas de problème. Pas la peine de t'excuser.

Elle contempla la foule alentour et soupira.

– Toute ma vie j'ai voulu voyager, mais on n'a jamais eu les moyens d'aller nulle part. Je ne suis même jamais allée à l'étranger dans *notre* monde. Et maintenant je suis là ! Dans un autre monde plein de magie, de nouvelles personnes à rencontrer, de nouvelles choses à apprendre. Et personne d'autre ne le sait. C'est comme si… ça nous appartenait. Et nous devons nous en occuper, non ? Nous devons découvrir ce qui se passe ici.

– C'est vrai, dit Jonathan, l'air pensif.

– Parle-moi de Vifargent.

Jonathan finit sa pita et froissa le sac en papier.

– Vifargent est un avant-poste de Mondétranges, un endroit où des gens de confiance peuvent être contactés au moindre problème. Nous avons des avant-postes dans plusieurs mondes différents, mais celui de Vifargent est spécialement important. Cinq Lanternes est plus qu'un monde à visiter. Nous pensons que c'est la plaque tournante du Multivers. Perdre contact avec cet endroit serait plus qu'indésirable.

– Il y a des valises à l'avant-poste ?

– Quelques-unes. Plus important : il y a des Conservateurs.

– Des gens comme toi ?

– Ils aspirent certainement à être comme moi, oui, dit Jonathan avec un sourire.

Flick leva les yeux au ciel.

– Et tu veux aller les voir ? D'accord.

Elle contempla les gens autour d'elle, dont certains portaient des bijoux phosphorescents, transformant la foule en un nuage de lucioles.

– Tant que tu sais ce que tu fais.

– On a tout le temps, dit Jonathan en lui désignant sa montre réglée à l'heure terrestre. De toute façon, il n'y a rien de très dangereux ici.

23

– L'Emporium du Voyage Vifargent n'est pas très loin à pied, annonça Jonathan en quittant le Lys Fané le lendemain matin.

Le soleil tapait déjà sur la ville, qui semblait avoir du mal à se remettre de sa longue nuit. Quelques stands proposaient du thé et des viennoiseries, mais les vendeurs de rue et les acrobates avaient disparu.

– Quel est l'intérêt d'avoir des valises dans un autre monde ? demanda Flick. Cela ne me semble pas très prudent.

– Je dis toujours qu'il ne faut pas mettre toutes ses valises dans le même panier. Pense que ce sont des issues de secours. Si un loup campait sur le palier de Mondétranges, on passerait par l'arrière. Un seul point d'entrée et de sortie vers les autres mondes n'a pas de sens. En plus, tu pourrais vouloir te rendre quelque part sans que personne le sache.

– Pourquoi aurais-tu besoin de cacher un voyage ? Les seuls au courant seraient tous membres de la Société de toute façon, non ?

– Après cent quarante-sept ans de voyages, je serais très étonné que personne n'ait jamais visité un monde ou deux sans témoin.

– Je ne comprends pas pourquoi il faudrait des secrets au sein d'une société secrète, dit-elle, espiègle. Tu sais des choses que j'ignore ?

– Je sais tout ce que m'a dit mon père, et j'ai répondu à toutes tes questions.

Sauf celle-ci, songea-t-elle.

Ils atteignirent une allée sombre où les magasins n'avaient pas d'enseigne et où les pavés étaient usés par des siècles de passage.

– Ça devrait être là, dit Jonathan en examinant son guide. Au bout de l'allée des Spectres.

Il regarda le bâtiment sur sa droite et s'immobilisa.

– Qu'est-ce qui ne va…

Flick suivit son regard, le reste de sa phrase en suspens.

Une vitrine poussiéreuse surmontée de la marque pâle laissée par une enseigne leur faisait face. L'intérieur du magasin était complètement vide.

Elle fit un pas en avant.

– C'est ça ?

– Il devrait être là. Il *était* là.

Il ferma son livre et posa une main contre la vitre. Flick s'approcha de l'entrée : il y avait des toiles d'araignées autour de la porte. Livide, Jonathan recula comme si une vue d'ensemble pouvait changer la réalité.

– Il était là quand je suis venu. Il a toujours été là. Je ne comprends pas.

Flick poussa la lourde porte en bois.

– Ce n'est pas fermé à clé.

Ils entrèrent dans une pièce glaciale. Le papier peint – un beau motif d'arbres et de rivières – était à moitié arraché. Le miroir au-dessus de la cheminée était en morceaux, le bureau recouvert de papiers épars et deux fauteuils retournés sur le tapis.

– Il n'y a rien ici. Qu'est-ce qui s'est passé ? demanda Flick.

Jonathan, plus pâle que jamais, passa le doigt sur une étagère, ne ramassant que quelques grains de poussière.

– Je ne sais pas, mais c'est récent.

Ses yeux écarquillés brillaient dans la pénombre. Son côté sûr de lui avait complètement disparu : les épaules crispées, il serrait la poignée de la valise.

Face au désarroi de son compagnon, Flick sentit son malaise revenir. Le jeune homme avait l'air dépassé, noyé dans l'incrédulité.

Le doute commença à se déployer en elle, comme un serpent dans l'obscurité.

– Tu savais que ton père était venu ici. Pourquoi m'y as-tu amenée, *moi* ?

Le jeune homme secoua la tête, comme en transe.

– Jonathan ! Qu'est-ce qui se passe ? Pourquoi sommes-nous *ici* ?

Il ne répondit pas.

Le soupçon s'intensifia, suivi d'une peur sourde qui lui tordait l'estomac.

– Tu… tu ne m'as pas amenée ici pour me montrer l'avant-poste, n'est-ce pas ?

Il secoua la tête, l'air complètement perdu.

Flick pressa les doigts contre ses tempes pour essayer de ralentir ses pensées qui fusaient à cent à l'heure.

– Tu es venu ici pour chercher ton père. Mais tu ne l'as pas trouvé. Donc… qu'est-ce qui a changé ? Pourquoi revenir *maintenant* ?

Jonathan émit un rire forcé.

– Tu penses que c'est ce qui compte, là tout de suite ? C'est vrai que nous n'avons pas d'autre affaire urgente. Ce n'est pas comme si un bâtiment de la Société avait été… avait été saccagé !

Flick ignora le sarcasme.

– Qu'est-ce qui se passe, Jonathan ?

– Une question pertinente, dit-il sans répondre vraiment.

Il s'arrêta, son pied coincé sous quelque chose près des fauteuils renversés.

– Qu'est-ce que c'est ? demanda Flick.

Il se baissa et dégagea un morceau de papier, qu'il secoua avant de le lire. Son expression passa d'effrayée à dégoûtée en une fraction de seconde.

– Oh… Oh, ils n'oseraient pas…

– Qu'est-ce que ça dit ? demanda-t-elle en lui prenant le papier des mains.

Reçu de chapardage

Réalisé par les Chapardeurs de Cinq Lanternes
à
l'Emporium du Voyage Vifargent

Pour un total de :
Tout.

Rachat uniquement sur rendez-vous.

Flick retourna le mot : le dessin d'une main tenant une bourse était tamponné au verso.

– Quelqu'un a tout pris ?

Sa tolérance naissante à l'égard des Chapardeurs fut immédiatement remplacée par un sentiment d'injustice rageur.

– Tout a disparu, dit le jeune homme d'une voix éteinte. Tout. Les valises. Les gens. Les… tout. C'est fini, donc. Une impasse. Plus d'espoir. Tout ce que j'ai fait… t'amener ici… c'était pour rien.

– Qu'est-ce que tu veux dire, *m'amener ici* ? Jonathan, tu me fais peur.

Il s'assit lourdement sur le rebord de la fenêtre.

– Venir ici était une perte de temps. Je n'ai personne à interroger, aucune valise à rapporter et je ne peux même pas vérifier si on les a utilisées récemment…

Il frappa le mur de sa main.

Flick avait mal aux dents à force de serrer les mâchoires. Son ami ressemblait à un animal apeuré, prêt à mordre et à griffer. Elle ne l'avait jamais vu comme ça.

– Jonathan… Interroger sur quoi ? Pourquoi m'as-tu amenée ici ?

Il laissa échapper un rire amer.

– Autant te le dire… On n'est pas venus dans ce monde pour mettre le guide à jour ou regarder les jolies lumières. Je voulais retrouver la trace de mon père.

– Je croyais que tu avais déjà interrogé tout le monde ici ? Que personne n'avait pu t'aider ?

Jonathan fuyait son regard.

– C'est ce que je pensais. Jusqu'à ce que tu arrives à Mondétranges.

– Comment ça ?

Une grimace de détresse déforma le visage du jeune homme.

– Quand je regarde à travers une loupe, tu sais ce que je vois ? Une douce lueur dorée. Une lumière floue qui ondule. Je ne vois pas d'étincelles, pas de paillettes. Je ne vois pas quelles valises ont été utilisées. Et je vois encore moins les schismes. Parce que *personne* n'est censé pouvoir faire ça.

Flick sentit ses mains s'engourdir et son cœur s'emballer.

– Je ne comprends pas.

Il soupira.

– La seule personne capable de voir les schismes était mon arrière-arrière-arrière-grand-mère, Elara Mercator. Depuis, personne.

– Tu ne vois pas les schismes ?

Elle ne sentait plus ses jambes. Jonathan fit non de la tête.

– Personne ne les voit. Sauf toi.

24

Dans le ventre de Flick, un trou noir avait aspiré toute la joie et l'excitation qu'elle ressentait depuis sa découverte de Mondétranges.

– Pourquoi ne me l'as-tu pas dit ?

– Si tu avais pu voir ton expression quand tu as réalisé que tu percevais la magie…

– Non, réponds-moi, l'interrompit-elle en avançant vers lui. Pourquoi ne me l'as-tu pas *dit* ?

– Parce que j'aurais voulu que ce soit moi, OK ? cria-t-il en se levant d'un coup. C'est le commerce de *ma* famille. C'est *mon* histoire. *Mon* aïeule qui a inventé les valises, fondé la Société Mondétranges. Personne ne pouvait l'égaler. Et puis…

Son expression était amère.

– Et puis tu arrives de nulle part, une étrangère… et tu vois tout. C'est comme si tu me l'avais arraché des mains.

– Je ne t'ai rien pris, dit Flick en contemplant l'Emporium saccagé. Alors, pour toi, qu'est-ce que j'étais censée faire ici ?

La colère de Jonathan s'évanouit d'un coup.

– Tu étais censée le trouver.

– Trouver ton père ?

Il hocha la tête.

– Tu vois les schismes. Tu peux dire quelles valises ont été utilisées, peut-être aussi dans quel ordre. Je savais qu'il était venu à Cinq Lanternes pour cette agence. Pour passer par l'une de leurs valises. Tu aurais pu m'aider à découvrir sa destination. Même sans le suivre jusqu'au bout, nous aurions…

– Nous ? Jonathan, tu ne m'as jamais dit que j'avais ces capacités ! Je croyais que toi aussi tu voyais les schismes ! Je…

Elle regarda ses mains, se rappelant la façon dont les étincelles magiques les avaient caressées, comme si elles aussi savaient qu'elle était spéciale.

Non, pas spéciale.

Une erreur de la nature.

– Je ne veux rien de tout ça, dit-elle doucement.

– Mais tu dois m'aider ! explosa Jonathan.

– Tu m'as menti, rétorqua-t-elle en ravalant ses larmes. Tu m'as menti pour pouvoir m'utiliser comme… comme un objet !

Le jeune homme éclata de rire. Flick l'aurait giflé.

– Tu n'es qu'une étrangère ! Juste une gamine avec un peu de magie, et tu allais abandonner tout ça ! Je devais faire en sorte que tu reviennes, tu comprends ? Tu as un don, et tu n'as aucune idée de la façon de l'utiliser. Dieu sait ce que tu peux faire d'autre ! Tu as besoin de moi.

– Non. *Tu* as besoin de *moi*. Tu t'es servi de moi.

– Je ne voulais pas te donner cette impression.

– Oh, j'accepte tes excuses, railla-t-elle. Tu me mènes par le bout du nez depuis le début, avec de beaux voyages, des sucreries et… Oh, pourquoi ne pas m'avoir dit ce que j'étais ?

De sa vie Flick n'avait jamais été aussi en colère, et elle se sentait complètement perdue. Le sens de son pouvoir lui échappait : elle ne savait même pas de quoi elle était capable.

– Je m'en vais.

– Tu vois ? J'étais sûr que tu refuserais de m'aider…

Elle le pointa du doigt.

– Tu m'as menti. Si tu as besoin d'aide, Jonathan, tu ne manipules pas la personne. Tu lui demandes, en espérant qu'elle accepte. Si après m'avoir bien regardée tu en as conclu que je ne t'aiderais pas… Tu ne me connais pas du tout. Et je n'ai pas envie que ça change.

Elle se dirigea vers la porte.

– Alors c'est tout ? Tu t'en vas dans un monde que tu ne connais pas, sans moyen de rentrer, juste parce que tu es en colère ?

– J'ai besoin de réfléchir. Je ne suis pas ton objet, Jonathan. Tu ne peux pas me tordre pour que je fasse ce que tu veux. Si je décide de t'aider, c'est ma décision. Tu ne vas pas m'y forcer.

Sur ces mots, elle claqua la porte.

25

Comment a-t-il pu me mentir ainsi ? Flick bouillonnait, ses pensées bourdonnant telles des abeilles en colère. Alors qu'elle traversait un groupe d'enfants piailleurs, elle aperçut au loin le Lys Fané. Elle ne savait pas pourquoi elle se dirigeait là-bas. Elle avait besoin d'air, de prendre de la distance avec tout ça.

– Attention, dit quelqu'un en lui attrapant le bras.

Elle se retourna, le poing dressé.

Brigg la lâcha en levant les mains en signe de capitulation.

– Waouh, on se calme, le poids plume. Où cours-tu comme ça ?

Flick laissa retomber son bras.

– À l'auberge.

– Où est ton ami ?

– Ce n'est pas mon ami.

Brigg leva les sourcils.

– Ah. Alors, où est ton associé ?
– Dans l'allée des Spectres.
– Beurk. C'était une rue sympa, autrefois… Vous vous êtes disputés ?
– Quelque chose comme ça.
Brigg soupira.
– Comment vas-tu regagner ton monde ?
Soudain, Flick réalisa que la valise était restée avec Jonathan : elle ne pouvait pas rentrer sans lui. L'idée lui donnait envie de hurler. Brigg sembla lire sur son visage.
– Je te ramène à l'auberge, il te retrouvera là-bas. Il reviendra te chercher, sinon il devra me rendre des comptes. Allez, viens.

– Il craignait peut-être que tu ne l'aides pas si tu savais. Il ne voulait pas te faire fuir, suggéra Brigg une demi-heure plus tard devant un bol de soupe.
– Bien sûr que je l'aurais aidé, s'indigna Flick. Maintenant j'ai l'impression de ne plus savoir qui je suis. Je peux faire des choses qui lui sont impossibles, et…
Elle regarda ses mains, imaginant la magie qui les baignait. Plus que tout, elle aurait voulu posséder une loupe pour revoir les paillettes flottantes : savoir qu'elles étaient réelles pour commencer à accepter qu'elle était la seule à les discerner.
– Il devait avoir une bonne raison.
– Mais qui cache une chose pareille à une amie ?
Brigg haussa les sourcils. Flick repoussa son bol.

– Je ne fais pas confiance aux menteurs. S'il veut retrouver son père, il peut se débrouiller seul.

À peine les mots étaient-ils sortis de sa bouche qu'elle s'en voulut. Ce n'était pas la faute de Daniel Mercator si son fils était le prince de la tromperie.

– Qu'est-ce qui est arrivé à son père ?

– Je ne sais pas. Il est venu ici, puis il a disparu. On ne sait pas ce qui s'est passé. Il pourrait être mort.

Brigg soupira.

– Le chagrin a des effets bizarres sur les gens.

Flick la regarda, perplexe.

– Ça te fait oublier ce qui est important. Je ne pense pas qu'il ait fait exprès de te faire du mal, il est juste très triste. Au point de ne même plus savoir qui il est, peut-être.

– Ce n'est pas une excuse !

– Ce n'est pas ce que je dis. Juste que ça peut expliquer son comportement. Tu n'es pas obligée de lui pardonner, mais… Bonjour ? dit-elle en levant la tête.

Avant que Flick n'ait pu suivre son regard, deux ombres se projetèrent sur la table.

– Du balai, de Vyce, gronda l'une d'elles, un homme aux longs cheveux ternes sous la capuche de son manteau écarlate.

– À qui ai-je l'honneur ? s'enquit Brigg sans bouger de sa chaise.

– On n'a pas à s'expliquer auprès des Basses Classes, sale petite pickpocket. Dégage !

– Tous les Chapardeurs ont été pickpockets un jour. Barbo, c'est bien ton nom ? Je n'ai rien fait de mal, vous pouvez demander à la ronde. J'ai présenté ma licence.

L'autre personne, une femme qui lui arrivait à l'épaule, enleva son capuchon, révélant des cheveux en brosse.

– On n'est pas là pour toi, de Vyce.

Flick retint son souffle.

Brigg croisa son regard avant de s'adresser à ses collègues :

– Qu'est-ce que la gamine a à voir là-dedans, Rapine ?

– Vous êtes toutes les deux des gamines, de Vyce. Respecte tes aînés et va voir ailleurs. Ceci ne te concerne pas.

– Je n'ai rien fait, intervint Flick, qui commençait à paniquer.

– Nous avons l'ordre de t'emmener, dit Rapine avec un sourire tranchant comme un couteau. De Vyce, si tu ne veux pas nous aider, va-t'en.

Brigg l'ignora.

– L'ordre ? De qui ?

Le sourire de Barbo était encore plus aiguisé que celui de sa comparse.

– La Contremaîtresse.

Rapine serra l'épaule de Flick d'une main de fer.

– Lève-toi sans faire d'histoires, petite. Viens avec nous.

– Je n'irai nulle part, protesta-t-elle en tentant sans succès de se libérer.

– Dans ce cas, nous allons te *prendre*.

– Vous n'avez pas le droit de voler les gens. Pas le droit.

Rapine sourit à nouveau, enchantée.

– Oh, toi aussi tu as entendu cette rumeur ?

Avant que Flick n'ait eu le temps de comprendre ce qui se passait, elle se retrouva debout, les bras maintenus derrière le dos.

– Barbo, la cagoule.

– Lâchez-la !

Brigg donna un coup de poing dans le bras de Barbo, gagnant quelques secondes pour tirer une poignée de poussière brillante de sa cape. Elle la souffla droit dans les yeux de l'homme qui hurla en tentant de protéger son visage.

Rapine resserra sa prise sur le bras de Flick, qui se laissa tomber au sol pour la déstabiliser.

Tout en tâchant de se débarrasser des paillettes qui l'aveuglaient, Barbo balança son bras devant lui. Il attrapa le poignet de Brigg, qui l'attaquait à mains nues, et la projeta en arrière. Puis il sortit une cagoule noire de son manteau et la lança à Rapine.

Flick hurla quand celle-ci la lui enfila de force.

Et tout devint noir.

26

Jonathan n'avait pas tenté de retenir Felicity. Il aurait aimé croire que c'était par colère, mais il devait se rendre à l'évidence : le nœud qui lui tordait le ventre ressemblait plus à de la culpabilité.

Oui, il avait menti. Enfin, pas vraiment *menti*. Évité la vérité. Il n'avait pas eu le choix. Les gens étaient si égoïstes. Felicity aurait pu décider que ses pouvoirs lui donnaient le droit de diriger Mondétranges. Il n'avait aucune raison de penser qu'elle aurait accepté de l'aider.

Et pourtant, tu ne lui as pas laissé une chance de te le proposer, murmura une voix douce dans son esprit.

Il l'ignora et souleva la valise. Il valait mieux la suivre. Ce n'était pas le moment de perdre une autre personne. Elle était sûrement rentrée à l'auberge.

Il sortit du magasin et jeta un coup d'œil dans l'allée : aucun signe de Felicity.

– Gamine stupide, marmonna-t-il.

– Stupide, elle l'est.

Jonathan sursauta au son de cette voix beaucoup trop proche à son goût.

– Mais d'où sortez-vous ?

Une femme ôta le capuchon de sa cape rouge sombre. Ses cheveux bruns et courts encadraient un sourire que certains auraient pu trouver attirant, mais que Jonathan apparentait à celui d'un loup affamé.

– Je vois que tu as eu notre mot, dit-elle en apercevant le papier dans la main du jeune homme.

Ce dernier se redressa.

– *Votre* mot ?

– Oui, notre mot. J'ai un message pour toi, de la part de la Contremaîtresse.

– Et qui est-ce donc ?

La Chapardeuse leva les sourcils.

– Tout le monde connaît la Contremaîtresse Gruge.

– Gruge. Comme c'est original. Quel est le message ?

La femme toisa Jonathan. Bien qu'il ait soudain très envie de vérifier ses poches, il se força à regarder son visage.

– Je suis Fraud. Tu es le fils Mercator.

– Vous connaissez mon père ?

– Tu as un nom célèbre, dit-elle en souriant.

– Si ce n'est pas trop vous demander, je vous saurais gré de me juger sur mon propre mérite, pas sur mon nom de famille.

– Ah, mais c'est trop me demander !

Fraud se rapprocha encore de lui.

– Par ici, les Mondétrangers ont beaucoup de comptes à rendre.

– Le message ?

Elle sortit un vieux carnet de sa poche intérieure.

– Veux-tu revoir ton amie ?

Jonathan reconnut immédiatement le guide de Flick.

– Felicity ? Où est-elle ?

– En sécurité. Pour l'instant. Mais l'heure tourne, Mercator. Nous voulons organiser un échange.

– Un échange ? Contre quoi ?

– Nous voulons une porte pour sortir de ce monde. Une valise.

Jonathan rit.

– Vous voulez que j'échange une valise – une chose qui n'a même pas de prix tant elle est précieuse – contre une fille que je connais à peine.

– C'est ton amie.

– Vraiment pas, dit-il lentement.

Pour la première fois, Fraud sembla hésiter.

– Nous t'autorisons à la racheter.

Le jeune homme désigna le magasin derrière lui.

– Vous n'avez pas trouvé ce que vous cherchiez ?

Fraud rougit.

– Nous pensons que les Conservateurs ont été avertis du raid. Quand nous sommes arrivés à l'Emporium, il n'y avait aucune valise. Ils les avaient cachées.

Jonathan sourit de toutes ses dents.

– Ha ha ! La Société avait un train d'avance sur vous, c'est ça ? De toute façon, quel serait l'intérêt de prendre une valise ? Vous ne pourriez pas survivre dans un monde qui n'est pas le vôtre. Votre énergie vitale s'épuiserait vite.

Fraud resta impassible.

– La magie est certes la clé de la vie, mais nous pouvons toujours en obtenir plus. Les Chapardeurs de Première Classe maîtrisent parfaitement sa mise en bouteille. Nous savons travailler l'énergie et l'extraire de n'importe quelle source.

Un frisson d'horreur parcourut Jonathan.

– De n'importe quelle source ?

– Oui.

– Des gens aussi ?

– Pourquoi pas ? dit-elle en haussant les épaules.

Il résista à l'envie de la repousser.

– Vous draineriez l'énergie d'un nouveau monde, juste pour survivre ?

– Pourquoi pas ? Ce n'est pas comme si ce monde était le seul.

Jonathan secoua la tête.

– Non.

– Non ? Comment ça, *non* ?

– Non, en tant que Conservateur en Chef, je ne peux vous laisser faire ça.

Elle baissa les yeux vers le bagage que tenait le garçon.

– La Contremaîtresse se montre très généreuse. Tu peux retourner à Mondétranges et sélectionner une valise pour nous, en choisissant toi-même le monde où nous emménagerons. Je pourrais aussi bien te prendre cette valise des mains.

– Vous seriez obligée de prendre ma main avec.

Fraud eut un sourire sinistre.

– Ce ne serait pas un problème.

Jonathan frissonna. Les valises étaient des portes à double sens. Si les Chapardeurs étaient assez fous pour drainer la magie de *n'importe quoi*, leur donner accès à Mondétranges serait signer la fin de son monde et de centaines d'autres, reliés à la Terre.

– Vous pensez vraiment que je vais échanger une valise contre Felicity ? Vous pensez que je tiens assez à *qui que ce soit* pour faire une chose pareille ?

– Oui.

– Elle n'est rien pour moi, ricana-t-il. Elle n'a même pas voulu m'aider quand… Elle n'est bonne à rien. Une piètre monnaie d'échange.

– J'espère que tu mens, pour ton bien et pour le sien, dit Fraud en mettant le guide dans la main de Jonathan. Tu as jusqu'à l'allumage des lanternes pour te présenter. *Tic tac*, petit Mercator. Choisis un monde dont nous puissions nous régaler si tu ne veux pas que ta Felicity soit elle-même dévorée.

Jonathan retint son souffle jusqu'à ce qu'elle ait disparu au coin de la rue et s'affaissa contre le mur. Puis il se redressa d'un coup, une question lui traversant soudain l'esprit :

Mais… pourquoi donc veulent-ils tant quitter Cinq Lanternes ?

27

Les Chapardeurs menaient Flick par les rues de la ville en la tenant d'une main de fer, et la faisaient tourner en rond de sorte qu'elle n'ait aucune chance de se souvenir du chemin. La cagoule rendait presque impossible de repérer les sons alentour, mais elle essaya néanmoins : se concentrer ainsi lui évitait de penser à ce qui lui arriverait une fois rendue à destination.

Pourquoi l'avoir kidnappée ? Les Chapardeurs n'étaient pas censés voler des personnes et, en plus, elle n'avait aucune importance. Rien n'avait de sens.

Rien de ce que Jonathan lui avait dit n'était vrai…

À cette pensée, ses muscles se contractèrent de rage. Ses ravisseurs resserrèrent leur étreinte.

La température baissa et le sol se mit à descendre en pente douce. Les baskets de Flick glissaient sur la surface humide, lui rappelant des égouts, des tunnels, des grottes. Les Chapardeurs possédaient un bâtiment luxueux, selon Brigg. Pourquoi donc l'emmenait-on *sous terre* ?

Soudain la capuche fut retirée, des mains solides la stabilisant le temps qu'elle retrouve l'équilibre.

– Lâchez-moi ! s'écria-t-elle en les repoussant. Où suis-je ? Qu'est-ce qui se passe ?

– Tu es dans mon bureau privé, dit une voix douce de l'autre côté de la pièce. Bienvenue.

Flick se tourna vers celle qui avait parlé.

Toutes les surfaces de la petite pièce étaient recouvertes de tapis, même les murs et le plafond. Cela rendait l'atmosphère étouffante et faisait paraître la pièce encore moins grande. Le long des murs, il y avait plusieurs vitrines remplies d'objets en verre brillant. Entre deux buffets débordant de bouteilles scintillantes de magie se trouvait un énorme bureau derrière lequel une femme était assise.

Vêtue d'une veste dont le rouge profond était rappelé par des bandes de velours au bas de son pantalon, elle observait Flick avec une expression amusée. Elle se leva, sa petite stature démentie par une impression de force physique indéniable, et se rapprocha d'elle, les mains derrière le dos.

– Bonjour, salua-t-elle en recoiffant ses cheveux blonds d'un revers de main. J'espère que les membres de mon Ordre ne t'ont pas fait de mal.

Flick fit non de la tête, la curiosité l'emportant sur la peur.

– Qui êtes-vous ?

La femme ne cilla pas. C'était comme si elle avait appris à sourire en regardant un tableau : sa bouche avait la forme adéquate, mais ses yeux étaient ceux de quelqu'un qui réfléchit à la meilleure façon de disposer de votre cadavre.

– Je suis la Contremaîtresse.

– Je ne sais pas ce que c'est, dit Flick. Je ne sais pas pourquoi je suis là… S'il vous plaît, laissez-moi partir. Je n'ai rien fait de mal. C'est une erreur.

Le sourire inquiétant de la Contremaîtresse ne changea pas.

– Ce n'est pas une erreur, petite. Nous t'avons chapardée pour une raison. Tu es venue ici avec le fils Mercator, n'est-ce pas ?

– Jonathan ?

– Tout à fait. Nous avons besoin de quelque chose qu'il possède, et tu vas nous aider à le convaincre.

– De quoi avez-vous…

La réponse à sa question lui vint avant même de l'avoir posée. *Une valise. Ce sont ses seules richesses.*

– Je vois que tu comprends. Ça n'a rien de personnel. Nous échangerons ta liberté contre une des valises du garçon. C'est simple.

– Mais pourquoi avez-vous besoin d'une valise ?

Elle jeta un coup d'œil aux amas de bouteilles remplies de magie. Ils avaient sûrement assez d'énergie pour plusieurs voyages à travers les schismes.

– Où voulez-vous aller ?

– N'importe où, répondit Rapine derrière elle. Loin d'ici.

– Silence, aboya la Contremaîtresse, son sourire disparaissant instantanément.

Flick était perplexe.

– Mais qu'est-ce qui ne va pas ici ? Apparemment vous pouvez voler ce que vous voulez, il y a de la magie, c'est un monde agréable...

Elle s'interrompit en voyant la Contremaîtresse la regarder avec effarement.

– Tu voyages entre les mondes et tu n'es pas au courant de la détresse de celui-ci ?

– Détresse ? Vous voulez dire les rues qui disparaissent ? Qu'est-ce qui cloche ici ?

Les Chapardeurs échangèrent un regard. La Contremaîtresse leva les yeux au ciel.

– Épargnez-moi l'ignorance des enfants ! Je vous avais *dit* de prendre l'autre Mercator quand il est arrivé il y a des semaines !

– Il était trop rapide, madame, se défendit Rapine. Le temps d'apprendre que Daniel Mercator était à Cinq Lanternes, il était déjà parti.

– Vous connaissez le père de Jonathan ?

– Silence ! intima la Contremaîtresse avant de s'adresser à ses larbins. Ce que savent ces enfants n'a aucune importance. Fraud est partie voir le fils Mercator. Le plan est lancé. Continuez comme prévu. Il a jusqu'à l'allumage des lanternes pour nous apporter ce dont nous avons besoin.

Rapine remit une main sur l'épaule de Flick.

– Et la fille ?

– Mets-la dans la Salle d'Attente. Et convoque les Premières Classes. Tout le monde doit être prêt à partir.

– De quoi parlez-vous ? demanda Felicity en tentant sans succès de se libérer de la poigne de Rapine. Qu'est-ce qui ne va pas dans ce monde ?

La Contremaîtresse la regarda dans les yeux.

– Ce monde, mon enfant, est condamné. Et nous n'avons pas l'intention d'être ici quand arrivera sa fin.

– Sa fin ? Comment ça, *condamné* ?

La femme fit signe à Rapine.

– Mets-lui la cagoule. Emmène-la à la Salle d'Attente. Et appelle les autres.

– Non ! Attendez ! Je…

Les cris de Flick furent étouffés quand la cagoule noire lui tomba devant les yeux et, cette fois, même la sensation du sol sous ses pieds disparut.

28

Jonathan ne demanda pas son reste. À peine Fraud avait-elle disparu qu'il grimpa dans la valise, la tira derrière lui et la referma avec un soupir de soulagement. Il était à la maison. En sécurité !

Cependant Mondétranges lui semblait vide, trop calme. Felicity n'était pas là.

Il s'assit par terre, se sentant désespérément seul. Il n'avait jamais voulu tout ça. Il essayait juste de retrouver son père.

Pas la peine d'essayer de le nier : il avait été complètement égoïste, et maintenant il devait prendre cette décision stupide, *impossible*. Tout était de sa faute. S'il avait été honnête avec elle dès le départ, s'ils étaient restés ensemble au lieu de se disputer, elle n'aurait pas été enlevée.

Et ils voulaient un monde entier en échange de sa liberté !

À sa grande honte, il était contraint d'admettre que, si les Chapardeurs avaient demandé une valise en échange de son père, il la leur aurait donnée sans poser de question.

Quel genre de personne cela faisait-il de lui ?

Il regarda autour de lui. Il pouvait choisir une valise. Il le pouvait. N'importe laquelle pouvait être offerte aux Chapardeurs.

Hésitant, il tendit le bras et en descendit une. Il la connaissait. Elle menait à un monde de chevaliers, de fermiers et de sorcières, assez paisible. Jonathan y avait appris à monter à cheval quand il avait quinze ans.

Il pourrait le donner aux Chapardeurs et retrouver Felicity. S'excuser auprès d'elle.

Est-ce qu'elle valait la peine de sacrifier un monde ? De le condamner à l'anéantissement, à la destruction, au néant ?

Est-ce que qui que ce soit en valait la peine ?

Non.

Il repoussa le bagage et se leva avec difficulté.

S'il donnait cette source de magie aux Chapardeurs, il ne se séparerait pas seulement d'une valise : il sacrifierait tout un monde et chaque être vivant à l'intérieur. Vivre en sachant cela lui serait impossible.

Felicity était son amie. Une vraie amie, jusqu'à ce qu'il gâche tout. La première qu'il se soit faite depuis longtemps. Il voulait la sauver. Il voulait retrouver son père. Pourtant il était hors de question qu'il se sépare d'une valise. Ni maintenant ni jamais. Il était le dernier Conservateur en Chef de la Société Mondétranges. Et il refusait de donner un monde aux Chapardeurs.

Il trouverait un autre moyen.

Flick se redressa brusquement.

Ses yeux eurent besoin d'un moment d'adaptation, mais quand elle découvrit le décor elle fut tentée de les refermer pour sortir de ce rêve étrange…

Elle était assise par terre dans une pièce qui ressemblait tout à fait à la salle d'attente de son dentiste : une moquette élimée au sol, des chaises pliantes disposées autour d'une table basse couverte de magazines dans une langue qu'elle ne reconnaissait pas, de vieux jouets dans un coin.

Il y avait trois autres personnes dans la pièce : un couple de personnes âgées qui la regardaient avec curiosité, et une femme derrière le bureau qui séparait la Salle d'Attente du vestibule.

Flick ignora le couple et se leva. Elle se rappelait avoir été sous la cagoule… elle pouvait encore sentir son odeur, et puis… elle s'était retrouvée là. Elle n'avait aucun souvenir de ce qui s'était passé entre les deux.

C'était comme si quelqu'un avait changé de chaîne dans son cerveau.

Elle se dirigea vers la personne assise derrière le bureau.

– Excusez-moi. Qu'est-ce qui se passe ? Comment suis-je arrivée ici ?

La femme soupira. Ses mèches blondes ressemblaient à des lames de couteau, et son visage y était assorti. Certaines personnes sont vraiment nées pour travailler dans leur profession, et la Réceptionniste était l'une d'elles. Elle n'aimait personne, à l'exception d'elle-même et de son chat, M. Plimsol. Et, comme Flick n'était ni l'un ni l'autre, elle l'accueillit avec une expression glaciale.

Elle désigna son badge, qui n'était qu'un bout de papier quadrillé replié sur la poche de sa veste.

– Est-ce qu'il y a marqué : « Posez-moi des questions » ?

– Non, dit Felicity, il est écrit « Réceptionniste ». Ça doit être synonyme de *vieille pie désa…*

Une quinte de toux l'interrompit et le vieil homme intervint d'une voix rauque :

– Elle est beaucoup de choses, mais son vrai rôle c'est « geôlière ».

La Réceptionniste battit de ses faux cils avec une expression de pur dédain.

– Monsieur, je ne suis pas geôlière. Je suis la Réceptionniste. Quand on viendra vous collecter, je vous appellerai.

– Qu'est-ce que vous voulez dire par « collecter » ? demanda Flick, pas d'humeur à être maintenue dans le flou.

– Je veux dire, quand on viendra vous chercher. Vous collecter. Vous réclamer.

Elle toisa la fillette comme si celle-ci sortait directement des égouts.

– Quelqu'un viendra bientôt vous collecter.

Felicity se rassit, mais se releva une minute plus tard, trop nerveuse pour rester immobile.

– Pourquoi restez-vous assis ici ? demanda-t-elle au vieux couple, les faisant sursauter. Pourquoi n'essayez-vous pas de sortir ?

– Vas-y toi, si tu veux, répondit l'homme.

Il avait le nez rouge, les yeux mouillés, les mains comme des serres mais le doux visage d'un gentil grand-père.

– Saute par-dessus le bureau, fais valdinguer la vieille chouette, file vers la porte, pourtant tu ne sortiras pas.

– Pourquoi ?

– Elle est verrouillée. On a essayé de nombreuses fois, mais elle ne cédera pas. Et, si tu la mets de mauvais poil, dit-il en désignant la Réceptionniste, elle peut devenir vraiment méchante. Une fois, elle a éteint le chauffage pendant deux jours et nous a laissés geler. Juste parce que Darilyn lui avait jeté un livre dessus.

– Ça valait le coup, murmura Darilyn. C'était une Pléiade.

Elle vérifia que la femme ne regardait pas et lui tira la langue.

– Alors vous avez été kidnappés ? Comme moi ?

– Comme toi. Je suis Greysen.

Flick serra la main tremblante que l'homme lui tendait.

– Felicity Hudson.

– Tu n'es pas de Cinq Lanternes, avec ces vêtements.

– Je suis venue avec… un ami. Si on veut.

– Oh ? Quel était le but de votre visite ?

– On devait…

Elle s'interrompit, la blessure de la trahison de Jonathan toujours à vif.

– Ça n'a pas d'importance. J'ai été kidnappée. Les Chapardeurs veulent m'échanger contre un objet de valeur.

– C'est ce qu'ils font d'habitude. Il est loin, le temps où ils avaient le sens de l'honneur. Dès que Gruge est devenue Contremaîtresse, ça a dégénéré. Tu es venue avec un ami ? À Cinq Lanternes ?

Elle hocha la tête.

– Il sait… comment les choses marchent. La magie, tout ça.

L'homme sourit, révélant des dents jaunies par l'âge.

– Je suis sûr qu'il va te sortir rapidement d'ici, Felicity. Tu n'as pas à t'inquiéter si tu as quelqu'un qui souhaite ton retour.

– Qu'est-ce que vous voulez dire ?

Darilyn lui lança un regard triste.

– Nous sommes coincés ici. Si personne ne vient nous chercher, au bout d'un moment… nous disparaîtrons.

– Vous disparaîtrez ? demanda Flick, horrifiée.

– Ne me demande pas comment, dit Darilyn en secouant la tête. Nous étions plus nombreux au début, il n'y avait pas que Greysen et moi. Et un jour, on s'est réveillés… il n'y avait plus que nous.

Felicity jeta un regard circulaire à toutes les chaises vides et au tas de jouets. À qui étaient-ils destinés ? La nausée l'envahit. La Réceptionniste sourit d'un air suffisant. La colère remplaça son malaise, et Flick l'interpella :

– Qu'est-ce qui vous fait sourire, vous ?

La femme cligna des yeux, ébahie d'être hélée avec tant d'insolence.

– Comment oses-tu…

– Est-ce que vous êtes restée là à regarder ces gens… se volatiliser ?

La Réceptionniste rougit, la couleur envahissant son cou et ses joues.

– Calme-toi, Felicity, dit Greysen en se redressant. C'est une vieille chouette, mais je ne pense pas qu'elle se contenterait de regarder des gens disparaître si elle pouvait faire quelque chose. En tout cas, c'est ce que je préfère croire.

– Vous avez dit qu'elle vous avait gardés dans le froid !

– Oui, mais elle aurait pu faire pire.

Il haussa les épaules. Flick ouvrit des yeux ronds.

– Juste parce qu'elle aurait pu faire pire, ça n'excuse pas ce qu'elle a fait !

Darilyn lui fit signe de baisser la voix.

– Oui, oui, nous savons. Mais ne nous rends pas la vie plus difficile.

La fillette fit une pause.

– Si je me mets en colère contre elle, elle se mettra en colère contre vous ? demanda-t-elle à mi-voix.

– Il y a des chances, oui.

Flick hocha la tête en jetant un coup d'œil à la Réceptionniste, qui faisait tournoyer un stylo. Puis elle s'écroula sur sa chaise, épuisée par le tourbillon d'émotions qui l'habitait.

Greysen retourna à son livre.

– Je ne m'inquiéterais pas si j'étais toi. Tu seras sortie avant d'avoir le temps de t'ennuyer.

Flick déglutit. Elle était loin de chez elle, sans moyen de rentrer et coincée dans une pièce minuscule sans espoir d'évasion. De sa vie elle n'avait jamais eu autant de raisons de s'inquiéter.

29

D'habitude, Jonathan Mercator n'aimait pas demander de l'aide, sauf si c'était à un médecin ou à quelqu'un d'assez grand pour atteindre les biscuits sur le rayon du haut. Mais le temps pressait et il allait devoir ravaler sa fierté, quelle qu'en soit l'amertume. Il parcourut rapidement son guide. Il lui fallait la Liste.

Une liste complète des avant-postes de Mondétranges (mise à jour en 1987)

L'agence de voyages Mondétranges - Base centrale, Terre. Un Conservateur est disponible à tout moment. Mondétranges abrite la plus grande collection de valises de tous les postes. Établie par Elara Mercator en 1873. Contact : la famille Mercator.

L'Emporium du Voyage Vifargent - Base secondaire, Cité des Cinq Lanternes. Les Conservateurs peuvent être contactés à toute heure. Abrite un petit nombre de valises. Établi par Elara Mercator en 1880. Contact : la famille Vifargent.

Le Comptoir Roulier - Base secondaire, Mont Hauteneige. Les Conservateurs sont une famille du village voisin. Quelques valises et du matériel sont disponibles. Établi par Nicolas Mercator en 1965. Contact : Maskelyne.

La Gare du Chien Rieur - Base de secours, Palomar. Il peut ne pas y avoir de Conservateur et nous vous recommandons d'être discrets. Établie par Margaret Mercator en 1952. Contact : perdu.

L'Échoppe de l'Apothicaire Thatcher - Pas de Conservateur sur place. Établi par Anna-May Thatcher en 1985. Contact : aucun.

La Maison de l'Horizon - Base de secours, Désert des Rêves. Un Conservateur. Établie par Elara Mercator en 1895. Contact : perdu.

C'était grâce à sa nature même que la Cité des Cinq Lanternes avait été choisie pour devenir un avant-poste : un lieu de transfert et de voyage, où menaient déjà plusieurs valises. Jonathan lui-même en connaissait trois. Deux étaient à l'agence : la rose et doré dont il venait de sortir, et une dans l'arrière-boutique. La troisième était avec son père, il en était sûr.

Il était primordial qu'il retourne dans la ville : il n'allait pas y abandonner Felicity. Par contre, il ne pouvait pas risquer d'utiliser la valise rose et or, au cas où elle serait dérobée.

Il allait devoir y aller sans passer par Mondétranges. Mais d'où partir ? Et comment rentrerait-il à l'agence ?

Il aurait vraiment aimé demander l'avis d'un autre Conservateur. Techniquement, il était adulte, seulement à cet instant il avait besoin d'un meilleur adulte, d'un adulte plus grand que lui. Sauf qu'aucun n'était disponible. Il devrait voyager pour en trouver un, pour obtenir de l'aide, quelle qu'elle soit.

Le problème était : par où commencer ?

D'abord, trouver une valise à offrir aux Chapardeurs. Jonathan espérait que, pressés de quitter Cinq Lanternes, ils ne regarderaient pas de trop près ce qu'on leur donnerait pour atteindre ce but.

Il se dirigea vers la malle en métal en face de la cheminée et l'éloigna du mur de façon à pouvoir l'ouvrir.

Une bouffée d'air froid l'enveloppa quand il souleva le couvercle. L'odeur était celle qui précède les premières neiges.

Plutôt que de grimper dedans comme dans une valise, il passa une jambe par-dessus le rebord et chercha du pied le premier barreau de l'échelle qu'il savait se trouver là. Une fois bien stable, il descendit jusqu'à toucher le sol de pierre et alluma une minuscule lampe de poche sur son porte-clés pour éclairer l'intérieur de la pièce.

Le faisceau lumineux révéla des rangées de valises à perte de vue, sagement alignées sur des étagères autrefois blanches, mangées à présent par un mélange de rouille et de moisissure qui envahissait peu à peu les bagages situés le plus près du sol.

Jonathan leva sa torche et commença ses recherches.

C'était l'Arrière-Boutique. Une cave sombre, utilisée comme garde-meuble par la Société.

Les humains exigeaient quantité de conditions très spécifiques pour pouvoir passer du temps dans un monde autre que le leur. Une certaine plage de température, les bons éléments chimiques présents dans l'air, une gravité ni trop forte ni trop faible. En résultait que le nombre de valises interdites d'accès dépassait largement celui des mondes « visitables ». Tous les schismes qui n'étaient pas adaptés à la chaleur de l'agence étaient stockés dans l'Arrière-Boutique.

D'autres catégories de valises y étaient aussi consignées : les doubles, celles renfermant des secrets que même Jonathan ignorait, et celles menant aux avant-postes de la Société Mondétranges.

Tout en passant sa lampe torche le long des rangées de bagages, il ressentit une bouffée de gratitude envers la personne qui avait tenté de cataloguer ce stock, en fixant aux poignées des valises des étiquettes portant la description des mondes contenus à l'intérieur. Un tas de bagages étaient posés en vrac sur une étagère étiquetée « Aquatique ». D'autres étaient juste marqués d'une grosse croix rouge.

Une valise – en cuir blanc avec des fermoirs en argent ouvragé – arborait un dessin grossier de crâne et d'os.

Jonathan lut rapidement toutes les descriptions qu'il croisa. Il trouva un désert, une zone de guerre, trois jungles différentes, un café et une prison, mais aucun des avant-postes qu'il cherchait. Cela prenait trop de temps. Ici, la soirée commençait déjà.

De plus en plus impatient, il attrapa une valise non répertoriée et appuya sur les fermoirs, qui ne bougèrent pas.

– Verrouillée, donc, dit-il avec plus de calme qu'il n'en ressentait.

Il sortit un feutre de sa veste et écrivit « VERROUILLÉE » sur le dessus. Il savait qu'il aurait dû noter sa description dans un registre, seulement il n'avait pas le temps. De plus, il savait tout ce qu'il y avait à savoir sur les mondes verrouillés. Ils n'étaient pas importants.

AU SUJET DES MONDES VERROUILLÉS

De la même manière que les valises normales peuvent être fermées à clé, une valise contenant un schisme peut être verrouillée.

Le verrouillage d'un monde est un savoir-faire qui s'apprend. Tous ceux qui possèdent la Vision magique ne peuvent pas maîtriser cet art, de la même façon que tous ne peuvent pas devenir cartographes.

Le schisme à l'intérieur de la valise continue d'exister, mais son accès est interdit. On pense que, sans accès à une source de magie pendant une longue période, le schisme diminuera et disparaîtra.

Jusqu'à présent, aucun membre de la Société Mondétranges, pas même notre fondatrice, n'a été capable de fermer complètement un schisme « libre ». Même les schismes qui se referment tout seuls prennent plusieurs décennies pour le faire. Affamer un schisme de magie en l'enfermant plusieurs années est peut-être la seule façon de le supprimer définitivement du Multivers.

30

Cela prit plus de temps que prévu, mais Jonathan finit par ressortir de la malle avec deux valises. Il avait enfin trouvé les bagages conduisant aux avant-postes et avait choisi les moins abîmés. Même s'il n'y trouvait pas de valise menant à Cinq Lanternes, il pourrait demander de l'aide à quelqu'un. La Société ne le laisserait pas tomber.

Depuis la disparition de son père, il avait prétendu savoir ce qu'il faisait, essayé d'être un bon Conservateur. Sauf qu'il était plus seul qu'il ne voulait l'admettre.

Même quand son père était là, l'agence de voyages n'avait jamais été « chez lui ». Pas vraiment. Elle avait été d'abord trop mystérieuse, puis trop remplie de mauvais souvenirs. Son père avait fait de son mieux, cependant c'était un homme en deuil tentant d'initier son enfant au métier même qui lui avait enlevé sa femme.

Jonathan pensait tout savoir, mais commençait à soupçonner qu'on lui avait seulement montré la partie émergée de l'iceberg. Il ne savait même pas où étaient rangées précisément les valises menant aux avant-postes.

Cette pensée le faisait bouillir. Depuis des années, Felicity était la première personne qui ne l'avait pas traité de bizarre. Elle était joyeuse, courageuse, intelligente, et il n'avait aucun droit de lui dissimuler des informations… de lui *mentir*.

Il avait été vraiment horrible.

Il se promit que, lorsqu'il la retrouverait, les choses seraient différentes. Et, si elle choisissait de partir sans se retourner…

Eh bien, il récolterait ce qu'il avait semé.

Il tira la première valise vers lui et lut l'étiquette.

Comptoir Roulier
Neige et glace. Crampons recommandés.
Grande colonie, bon chocolat chaud,
couvrez-vous bien.
Contact Conservateur : Maskelyne.

La mention d'un nom précis avait déterminé le choix de Jonathan. Il trouverait le Conservateur, lui demanderait s'il avait une valise menant à Cinq Lanternes et déciderait de la suite à ce moment-là.

Il repoussa les fermoirs et ouvrit le bagage.

De l'air glacé l'enveloppa. Des flocons de neige jaillirent dans la boutique, retombant en gouttes de pluie. Où que menât cette valise, ce n'était clairement pas à l'intérieur d'un avant-poste, mais à l'extérieur. Très à l'extérieur, à en juger par la chute de température.

Il se pencha pour tenter d'apercevoir quelque chose et eut à peine le temps de se demander s'il ne devrait pas prendre des gants : sa main glissa sur le rebord gelé.

Il tenta de se retenir mais n'attrapa que du vide. La gravité de l'autre monde l'aspira la tête la première. À la dernière seconde, sa main agrippa la poignée et il tira la valise après lui.

Pendant un instant, il n'y eut que le vide glacé. Puis il vit qu'il tombait droit sur un rocher ; avant qu'il n'ait pu se protéger, le haut de son corps heurta la pierre de plein fouet et il roula au sol, se retrouvant à plat ventre dans la neige.

Il resta immobile un moment. Sa vision était un peu trouble, mais c'était dû à la fêlure de l'un de ses verres de lunettes. Il remua avec soulagement les doigts et les orteils. Seules ses côtes le faisaient souffrir, et c'était supportable.

En se remettant lentement debout, les jambes tremblantes, Jonathan réalisa qu'il se trouvait sur une corniche large comme son bureau. Plus loin, sur le rebord de la falaise, la valise qu'il avait lâchée dans sa chute vacillait dans le blizzard. Une seule bourrasque la précipiterait en bas.

Il essuya le sang qui coulait de son nez, se remit prudemment à genoux et avança lentement vers le vide. Il ne savait pas où était l'avant-poste, ni pourquoi la valise l'avait amené sur un flanc de montagne glacial, mais il n'était pas en état d'explorer. Il devait rentrer à l'agence et en essayer une autre. Cependant, lorsqu'il tendit la main vers la poignée, le sol se mit à frémir sous son corps.

La montagne trembla violemment, avec un bruit d'orage rencontrant une fanfare. Des blocs de glace et de neige se mirent à tomber autour de lui. Il se propulsa en avant pour saisir la valise… et c'est à ce moment que la plateforme de pierre sur laquelle il était se détacha.

Il n'eut même pas le temps de crier.

Il chutait, tel Icare, le bagage hors de portée. Aveuglé par la panique, il tendit le bras, tenta d'attraper la poignée… et la manqua. Il continua de tomber dans le vide. Le sol se rapprochait bien trop vite. Le vent le fit valdinguer et poussa la valise contre ses doigts. Il parvint à s'en saisir et à l'ouvrir en plein vol. Il plongea une main dedans, tâtonnant sur le sol de l'agence à la recherche de quelque chose, n'importe quoi… et agrippa le pied d'un fauteuil.

Jonathan ne saurait jamais comment il y était arrivé. Au prix d'un effort surhumain, il parvint à se hisser à moitié à l'intérieur de la valise, le lourd fauteuil lui servant d'ancrage. Ses jambes encore dans le monde de glace, l'arrêt brutal sur les rochers approchait de plus en plus et…

Il s'étala durement sur le sol de l'agence, son menton absorbant la violence du choc. Il tenait d'une main le pied du fauteuil, de l'autre la valise qu'il avait réussi à tirer après lui, posée sur un tas de neige. Il resta là, avachi comme une étoile de mer en état de choc, avant de se retourner pour fixer le plafond.

– Oh… crotte.

31

Felicity tenta d'enfoncer la porte de la Salle d'Attente d'un coup d'épaule. Puis elle attrapa la poignée et tira, les pieds sur le chambranle pour faire contrepoids. Pour prouver qu'il n'y avait pas d'issue, la Réceptionniste avait accepté de la laisser essayer d'ouvrir la porte.

– Ça ne t'avancera à rien, petite, soupira cette dernière. Tu ne peux pas t'échapper de ce monde. C'est impossible. Tu me crois maintenant ?

Flick lâcha la poignée. Quand elle se rapprochait du panneau en verre de la porte, elle ne voyait qu'une obscurité profonde, presque solide.

– Ce n'est pas *juste*.

– Je ne peux pas te laisser sortir avant que tu ne sois collectée. Je ne *peux pas*.

– Alors à quoi servez-vous ? rétorqua la fillette, exaspérée. Comment les gens sont-ils « collectés » hors d'ici ?

– Je refuse de te le dire.

– Vous refusez ? Ou vous ne *pouvez* pas ? Est-ce que vous le savez ? Avez-vous déjà vu quelqu'un être collecté ? Depuis combien de temps êtes-vous là ?

– Ça ne te regarde…

Flick leva la main pour l'interrompre, une idée se faisant jour dans son esprit.

– Est-ce que vous êtes vraiment Réceptionniste ? Parce que vous ne semblez pas savoir grand-chose.

Elle fit une pause avant de continuer d'une voix plus douce :

– Est-ce qu'on vous a abandonnée ici ?

Il y eut un silence horrible. Darilyn donna un coup de coude à son mari. La Réceptionniste devenait de plus en plus rouge.

– On vous a laissée ici, n'est-ce pas ? continua Flick. Au début vous étiez peut-être avec d'autres, mais à un moment il n'est plus resté que vous. Et vous vous êtes dit : *Tiens, il n'y a personne derrière ce bureau, je devrais m'y asseoir.* Vous vous êtes donné un travail, un titre, et quand ils ont amené d'autres personnes vous leur avez dit que c'était vous la cheffe.

La femme semblait au bord des larmes.

– Cela vous plaisait d'être responsable, n'est-ce pas ? dit Flick sans animosité. Je parie que vous vous êtes bien occupée de cet endroit, mais ce n'était pas censé être votre travail. Vous n'aviez rien d'autre à faire. Vous êtes coincée ici. Comme nous.

La Réceptionniste s'assit, clairement malheureuse. Felicity s'approcha du bureau.

– J'ai raison, n'est-ce pas ?

La femme hocha la tête. Flick se sentit un peu coupable.

– Je suis désolée. Qui était censé venir vous chercher ?

– Je ne sais pas. Quelqu'un.

– Ça fait longtemps que vous êtes là ?

– J'ai l'impression que ça fait des années, mais le temps avance différemment ici. Il fallait que je trouve une raison d'être.

Elle rit tristement.

– Ils m'ont même apporté des cadeaux. Les Chapardeurs. Pour m'occuper. Ils ont dû me trouver tellement stupide.

– Je ne pense pas que vous soyez stupide, dit Flick. Juste très seule.

La Réceptionniste releva la tête. Felicity inspira profondément et se lança :

– Alors, comment les gens sont-ils amenés ici ?

La femme soupira et s'essuya les yeux avec un mouchoir orné de chats.

– Je ne sais pas. C'est la vérité. Les Chapardeurs déposent les gens. Je ne vois rien. Personne ne voit rien. Il ne reste qu'un blanc dans la mémoire. Que veulent-ils de toi ? Tu n'es qu'une enfant.

Flick se sentait trop découragée pour mentir.

– Ils veulent m'échanger. Contre une valise.

Ce n'était pas crédible, pourtant Greysen se redressa d'un coup.

– Une valise ? Tu veux dire… Tu n'es pas une Mondétrangère, si ?

Elle le regarda, étonnée.

– Si.

Il s'affaissa sur sa chaise, l'air d'avoir vu un fantôme.

– Qu'est-ce qu'il y a ?

– Il y a un peu d'espoir, enfin, souffla-t-il. Nous sommes Darilyn et Greysen Vifargent.

Vifargent. Les yeux de Flick s'arrondirent.

– Nous tenions l'Emporium du Voyage dans l'allée des Spectres, intervint le vieil homme.

– Mais nous y sommes allés : toutes les valises avaient disparu !

– Ah, dit Greysen en se tapotant le nez. On nous avait prévenus. Les Chapardeurs ne sont pas aussi unis qu'ils aimeraient le croire. L'un d'eux nous a envoyé une lettre nous informant du raid. Nous avons caché les valises et attendu les voleurs.

– Et ils sont bien venus, ajouta amèrement Darilyn.

Flick soupira de soulagement : les valises étaient en sécurité.

– Où les avez-vous cachées ?

– Il vaut mieux ne pas le dire.

– Vous pouvez me faire confiance, Jonathan est mon…

Elle s'interrompit. Darilyn et Greysen échangèrent un regard.

– Jonathan Mercator ?

Felicity acquiesça.

– Ce garçon… nous l'avons vu récemment, il cherchait son père. Bien sûr, nous n'avions rien à lui dire. Je me souviens du jour où il a découvert l'Emporium. Les yeux comme des soucoupes, des questions plein la bouche. Il ne savait pas s'il devait être effrayé ou excité.

– Cela ne faisait pas longtemps qu'il avait perdu sa mère, ajouta Darilyn. Pauvre gamin. Son père lui montrait les ficelles du métier. Comment fonctionnaient les valises. L'histoire de la Société. Il voulait qu'il sache tout ce qu'il y avait à savoir, mais…

– Mais ?

Greysen joignit les mains.

– Tu sais, petite, le chagrin n'est pas linéaire, c'est un chemin sinueux. Parfois Daniel Mercator était un père attentif et un bon professeur. D'autres fois, c'était un fantôme. Je ne doute pas qu'il ait fait de son mieux pour former son fils, seulement il n'allait pas bien. Il a tenté de le protéger en ne lui disant que le strict nécessaire… Je suis sûr qu'il aurait fini de le former s'il ne s'était pas… volatilisé.

– Vous saviez qu'il avait disparu avant que Jonathan ne vienne vous interroger ?

– Non. Daniel Mercator nous avait demandé d'utiliser l'Emporium seul pendant quelques heures. Quand nous sommes revenus, l'endroit était vide, la clé posée sur le bureau. Il ne manquait rien. Nous avons pensé qu'il était rentré chez lui. C'est seulement lorsque son fils est venu à sa recherche que nous avons compris qu'un événement plus grave avait dû se passer.

Flick digéra cette nouvelle information.

– Est-ce que le père de Jonathan vous a dit quelque chose avant de partir ?

– Rien de spécial. Il avait l'air excité, mais… c'est l'état normal des membres de la Société.

– Les Chapardeurs disent que Cinq Lanternes est en danger. Ils veulent quitter la ville. Daniel était au courant ?

Darilyn hocha la tête.

– Oh oui. C'est nous qui l'avions contacté à ce sujet. Il enquêtait depuis un moment sur les rues manquantes et le reste. Je ne crois pas qu'il ait trouvé la réponse.

– Attends, il a bien dit quelque chose, intervint soudain Greysen. Quelque chose à propos d'un phare.

Un frisson glacé parcourut Flick.

– Un phare ?

– Oui. Je ne sais pas pourquoi ça me revient maintenant. Il a dit qu'il devait aller quelque part… en parler à quelqu'un. Ne me demande pas qui.

Flick s'assit en silence, se rappelant le vide terrible du phare sur la falaise. Le manque de vie. Les photos. Le bébé disparu.

Il devait en parler à quelqu'un ?

Jonathan avait dit que la valise du phare était censée être verrouillée. L'endroit était si désert, si mort.

La Ville de Corail luttait pour maintenir ses plantes en vie, mais ses rues semblaient saturées de magie.

La Forêt de Tam était plus sombre et plus menaçante que dans le souvenir de Jonathan, et les règles y avaient changé.

Daniel savait ce qui se passait à Cinq Lanternes, et il avait laissé ses notes derrière lui, dans une valise verrouillée.

Tout cela devait être lié.

– Je ne peux pas rester ici, dit-elle en se levant. Je dois sortir. Maintenant.

– Il n'y a pas d'issue, Felicity. Tu as toi-même essayé la porte. S'il y avait une sortie, on l'aurait trouvée depuis le temps.

– On est entrés. Il y a forcément un moyen de sortir.

– Je ne pense pas que cet endroit fonctionne ainsi, suggéra Darilyn. Ce n'est pas comme entrer dans une valise. C'est une prison. Ton meilleur espoir est d'être récupérée. Si Jonathan est ton ami, il viendra peut-être te chercher.

Le cœur de Flick se serra.

– Je ne sais pas ce qu'il est. Sauf un menteur.

– Un menteur ? dit Greysen en fronçant les sourcils. Sur quoi t'a-t-il menti ?

Le nez de Jonathan avait plus ou moins arrêté de saigner lorsqu'il se tourna vers sa deuxième option, un lourd bagage en cuir brun poussiéreux.

– Échoppe de l'Apothicaire Thatcher, lut-il dans son guide. Avant-poste de Mondétranges. Plus de chance que la première fois, j'espère.

Un autre endroit où il n'avait jamais mis les pieds, mais le temps pressait. Il n'en perdit pas davantage et entra droit dans la valise.

Une forte odeur de désinfectant et de plantes lui monta aux narines avant même qu'il aperçoive les rangées de bouteilles s'alignant le long des murs.

Un homme en tablier brun aux longs cheveux poivre et sel regardait, bouche bée, la valise et le jeune homme qui en sortait.

– Excusez-moi, dit le garçon en redressant son nœud papillon, j'ai cru comprendre que vous connaissiez la

Société Mondétranges. Je suis vraiment désolé de vous déranger ainsi mais…

Il soupira.

– Je m'appelle Jonathan Mercator. Et j'ai besoin de votre aide.

32

– Il m'a menti sur presque tout. Il ne m'a même pas dit que mes capacités n'étaient pas normales. Et il s'attendait à ce que je l'aide ! Quel genre de personne fait une chose pareille ?

Greysen et Darilyn échangèrent un regard.

– Peut-être quelqu'un qui a dû se débrouiller tout seul depuis trop longtemps, avança Darilyn.

– Moi aussi j'ai dû me débrouiller toute seule, rétorqua Flick.

– Tes parents sont… ?

– Oh, ils sont en vie. Juste… occupés. Tout le temps. Ils travaillent beaucoup, et j'ai un petit frère…

Elle s'interrompit, le souvenir des gazouillis de Freddy lui portant un coup au cœur.

– Parfois ils reviennent très tard et je dois m'occuper de tout…

– Et sinon, ils sont… absents ?

– Non, avoua-t-elle. Non, souvent ils sont trop présents.

Darilyn sourit.

– Cela me paraît être le genre de foyer que Jonathan aimerait bien avoir.

Flick ouvrit la bouche et ne trouva rien à rétorquer.

– Je ne connais pas ta vie, continua Darilyn, mais que penses-tu que ferait ta famille si tu étais coincée ici ?

La question était douloureuse.

– Ils ne sauront pas où je suis. Ils ne sauront jamais ce qui m'est arrivé.

– Comme Jonathan Mercator ignore ce qui est arrivé à son père. Le chagrin affecte tout le monde différemment. Et que Daniel Mercator soit en vie ou non, son fils le pleure. Le deuil transforme des hommes bons en monstres. Parfois ils peuvent redevenir eux-mêmes.

Flick fronça les sourcils.

– OK. Mais il aurait dû me dire la vérité, non ?

– Oui, confirma Greysen. Sauf que le jeune homme que tu m'as décrit n'est pas le Jonathan que je connais. Il ressemble plutôt à son père.

– Son père ?

– Oui. Après la mort de sa femme, Daniel est devenu comme la personne que tu décris. Cachottier. Adepte des demi-vérités. Évasif. Presque égoïste. Avec le temps, il s'est remis, bien sûr. Mais au début c'était comme si elle avait emporté tous ses bons côtés avec elle.

– Qu'est-ce qui lui est arrivé ? Jonathan ne me l'a jamais dit.

– Un accident, de ce que Daniel nous a raconté. Ils exploraient un monde dans lequel ils étaient allés des dizaines de fois. Il y a eu une cavalcade d'animaux sauvages. Ils ont fui ensemble, seulement dans le chaos ils ont été séparés et Jodie a été…

Flick se mordit la lèvre.

– C'est horrible.

– Je ne dis pas que tu dois pardonner à ton ami là, tout de suite, dit Darilyn. Mais, après une telle perte, perdre aussi son père… il serait facile de penser que le monde ne peut être que mauvais.

Flick contempla la porte de la Salle d'Attente. Tout ce que Darilyn avait dit était cohérent. Et dans ce cas, si Jonathan ne croyait pas qu'elle l'aiderait…

Quelles étaient les chances qu'il tente de l'aider, elle ?

– Je dois dire, je ne m'attendais pas à vous voir aujourd'hui, ou n'importe quel autre jour. Vous ne changez jamais, les Mondétrangers, n'est-ce pas ?

L'Apothicaire posa une tasse de tisane devant Jonathan.

– Je ne veux pas de thé, à moins qu'il ne soit accompagné de lait et de sucre, dit celui-ci.

– Tu es en état de choc. Et tu as du sang sur le visage.

Le jeune homme s'essuya les lèvres.

– J'ai besoin de votre aide. Monsieur… Thatcher ?

– C'est ça. Mais vous pouvez m'appeler Tristyan. Jonathan… j'ai connu votre grand-père.

– Et mon père ?

– Je crains de ne jamais avoir eu cet honneur.

Le garçon jura intérieurement. Il but une gorgée du liquide tiède au goût de papier mouillé, qui apaisa immédiatement la douleur lancinante de son nez.

– Écoutez, je serai bref. Je dois me rendre à la Cité des Cinq Lanternes, et vite. J'ai assez perdu de temps, il ne me reste que quelques heures là-bas. Mon guide dit que cet endroit appartient à un Conservateur. J'ai besoin de savoir quelles valises vous avez.

– Cet endroit *appartenait* à un Conservateur, mais ce n'est plus le cas.

Jonathan s'affaissa sur sa chaise.

– Cependant, il me reste la valise dont vous avez besoin. Je pensais que votre agence en possédait un grand nombre, non ?

– C'est vrai. C'est compliqué. Je dois sortir une certaine personne d'une certaine situation. Rapidement.

Tristyan leva un sourcil.

– Hors de Cinq Lanternes ? La ville ?

– Oui.

– Alors… est-ce que le pire est arrivé ?

– Le pire ? De quoi parlez-vous ?

– Vous ne savez pas ? Ce qui se passe à Cinq Lanternes ?

– Je ne sais rien, dit Jonathan, bien conscient de la vérité de cette déclaration. Qu'est-ce qui cloche ? Qu'est-ce qui se passe à Cinq Lanternes ?

Tristyan s'assit face à lui.

– Cinq Lanternes est un lieu de schismes et de magie, n'est-ce pas ?

– Je sais cela. Ça a toujours été le cas.

– Oui. Il a continué à exister malgré les va-et-vient des schismes qui s'ouvraient et se fermaient. L'endroit est si riche en magie qu'il se guérit tout seul, encore et encore. C'est un monde merveilleux.

Jonathan ne dit rien. L'appréhension lui tordait l'estomac.

– Cependant il y a un… un danger. Quelque chose de nouveau. Cinq Lanternes a une *fuite*. La magie s'écoule comme à travers une passoire. Et elle s'écoule trop vite pour être remplacée.

Le jeune homme ouvrit des yeux ronds.

– Mais comment ? Les schismes sont tout petits. Ils se referment seuls si on les laisse tranquilles, et avec toute la magie présente à Cinq Lanternes ils devraient se sceller facilement.

– S'ils sont petits, oui. Par contre, s'il y avait un grand schisme ? Un très grand schisme ?

– Grand comment ? demanda Jonathan, l'appréhension se transformant en angoisse.

Tristyan secoua la tête.

– Personne ne le sait. Mais, au rythme où les rues disparaissent, où le climat et l'axe des mondes ont changé…

– Les rues disparaissent, répéta le garçon. Les Chapardeurs veulent quitter la ville. Ils savent.

– Ceux de Cinq Lanternes font commerce de magie. Ils sont forcément conscients de ce qui se passe.

Il passa un doigt sur le rebord de sa tasse.

– Cinq Lanternes est en train de se désagréger, Jonathan Mercator. Il n'y a pas que votre amie qui soit en danger.

– Qu'est-ce qui a causé un tel schisme ? Comment une chose pareille a-t-elle pu arriver ?

Tristyan le toisa, jaugeant la confiance qu'il pouvait lui accorder.

– Dites-moi, comment vous êtes-vous retrouvé à la tête de l'agence de voyages Mondétranges ?

– Je… euh, j'en ai hérité. Il n'y avait personne d'autre.

L'expression de l'Apothicaire s'assombrit. Le garçon garda le silence quelques instants.

– Ma mère est morte quand je n'avais que quatorze ans. Et… j'étais si en colère contre l'agence après sa mort… J'avais l'impression que cet endroit me l'avait prise.

L'Apothicaire pencha la tête, attentif. Jonathan détourna le regard, une boule dans la gorge.

– Mon père a essayé de me former, après, mais la mort de ma mère… flottait toujours entre nous deux. Et maintenant il est… absent. Je ne peux rien lui demander. J'ai l'impression d'avoir gâché le temps qu'on avait ensemble.

Tristyan lui posa une main sur le bras. Sa réserve s'était adoucie en une expression peinée.

– Le temps que nous passons avec les êtres aimés n'est jamais gâché. Je le sais mieux que personne.

Jonathan lui sourit tristement.

– Vous avez perdu quelqu'un… à cause de la Société Mondétranges ?

– Oui, dit-il en lâchant son bras.

– Je suis vraiment désolé.

L'Apothicaire tourna la tête vers un cadre dont Jonathan ne pouvait voir la photo.

– C'était il y a longtemps. À présent, vous avez une tâche à accomplir. J'ai une seule valise. Les autres ont été rapportées dans votre monde il y a des années. Pour être honnête, je ne sais pas où elle mène, peut-être nulle part. Je pense qu'elle a été laissée là comme un geste de sympathie.

Il se leva brusquement, disparut dans l'arrière-boutique et revint quelques minutes plus tard, un vieux bagage poussiéreux à la main.

Il le posa sur la table d'un geste brusque, délogeant ses cheveux de derrière son oreille pointue.

– Alors, dit Jonathan en caressant la valise, des nuages de poussière grise naissant sous ses doigts, où mènes-tu ?

33

– Vous êtes sûr que ça va marcher ? demanda Tristyan alors que Jonathan émergeait d'une valise pour la deuxième fois ce jour-là, à présent avec un livre dans une main et un sac à dos dans l'autre. Elle est très vieille. Je ne suis pas certain qu'elle ait déjà été utilisée.

– Je ne suis sûr de rien. Mais je dois essayer. Ils ont mon amie, et c'est de ma faute.

Il laissa tomber sur le sol l'énorme livre qu'il avait rapporté de Mondétranges et se mit à tourner les pages.

– Qu'est-ce que c'est ?

– Un très vieux livre de cartes.

Jonathan poussa une exclamation en trouvant ce qu'il cherchait.

– Il est hors de question que je saute là-dedans sans savoir où ça mène. OK ? Vous êtes ici, dit-il en pointant du doigt un dessin ovale sur la page. Et cette vieille valise mène à…

Il fit pivoter le livre sur le côté pour lire une note manuscrite, avant de continuer sa recherche.

– La Gare. C'est un avant-poste de la Société Mondétranges.

Une étincelle d'espoir s'alluma en lui.

– Et de là…

Il tourna quelques pages.

– Il y a plusieurs options, à partir de là. En supposant que les valises n'ont pas été déplacées.

– Vous pouvez voyager de la Gare à Cinq Lanternes ?

– Pas directement, selon cette carte. Mais il y a d'autres bagages là-bas par lesquels je peux passer. Mon idée est de trouver une valise qui me ramènera à Cinq Lanternes. Une qui ne vienne pas de Mondétranges.

– Et si vous n'en trouvez aucune à donner ? Vous pourriez entrer et sortir de dizaines de valises à la suite. Comment ferez-vous pour toutes les porter ?

– Je ne vais pas les emporter avec moi, dit Jonathan en ajustant les bretelles de son sac à dos. Je vais sauter les mains vides. La seule valise que j'aurai à la main sera celle que je veux offrir aux Chapardeurs.

– Sauf que vous serez coincé. Comment rentrerez-vous ?

– Un seul problème à la fois, s'il vous plaît.

Il ferma le livre de cartes et le mit dans son sac.

– Il y *avait* un avant-poste de la Société à Cinq Lanternes : Vifargent. Il a été cambriolé, mais les bagages doivent être quelque part dans la ville. Je trouverai une sortie.

– Est-ce que je peux faire quelque chose ?

– Gardez cette valise près de vous, s'il vous plaît.

– Très bien, dit Tristyan avant de sourire. Est-ce tenter le sort que d'admettre que tout ça me manque ? Les visites, vous regarder tous vivre vos aventures.

Jonathan leva les yeux.

– Vous n'avez jamais voyagé vous-même ?

– Non, non. Ce n'est pas pour moi. Quelqu'un doit rester au foyer.

Il secoua la tête, comme pour disperser le nuage qui assombrissait son expression.

– À une prochaine fois, Jonathan Mercator. J'espère vous revoir très bientôt.

– Merci pour votre aide, répondit-il en lui serrant la main.

– De rien.

– Bon. Quand faut y aller…

Il mit un pied dans la valise et disparut.

Jonathan ne viendrait pas la chercher.

Malgré ses efforts pour la chasser, cette pensée déprimante s'infiltrait dans son esprit tel du brouillard sous une porte.

Son « amitié » n'avait été qu'une ruse pour qu'elle l'aide. Pourquoi tenterait-il de la sauver ?

Et, s'il ne le faisait pas, qui le ferait ?

Alors qu'il sortait prudemment de la valise, Jonathan fut assailli par un son strident qui le figea sur place, jusqu'à ce qu'il se rende compte que c'était le sifflement d'un train.

– La Gare…, murmura-t-il en se détendant. Bien sûr.

Il se tourna vers le schisme menant au magasin de Tristyan, se préparant à une action vraiment contre-nature. Il saisit la poignée et la poussa à l'intérieur, pressant la valise sur elle-même, en direction de l'échoppe de l'Apothicaire. Il avait la sensation de faire la plus grosse erreur de sa vie, comme s'il ratait une marche avec les bras pleins de vaisselle. La valise échappa à sa prise et s'évanouit. Jonathan frissonna. La seule fois où il avait fait une chose pareille, son père était immédiatement venu le chercher. Cette fois-ci, il était seul.

Il se secoua et sauta de l'étagère sur laquelle il avait atterri. Il semblait être dans le débarras d'une gare. Il y avait beaucoup de bagages, la plupart modernes et sur roues. Il se fraya un passage pour jeter un œil à travers la petite fenêtre incrustée dans la porte, dont l'accès était barré par une toile d'araignée. Parfait. Personne n'entrait ici régulièrement. Il avait le temps.

Le sifflement strident résonna de nouveau, comme un coup de coude lui rappelant qu'il avait tout sauf le temps.

Jonathan sortit la carte. Selon elle, cinq valises étaient cachées dans la Gare. Il y avait des descriptions, mais peu de détails. Il devait les trouver, et vite.

Il se dirigea vers le rayon portant les valises les plus anciennes et se mit à les ouvrir une par une.

La peur enflait dans l'estomac de Flick, créant une boule solide qui transperçait ses entrailles et lui donnait le vertige.

Bien qu'elle se plaigne toujours de sa famille, elle était terrifiée à l'idée de ne plus les revoir. Et si, le temps qu'elle s'évade d'ici, ses parents étaient trop vieux pour se souvenir d'elle ? Ou pire, morts depuis longtemps ?

Elle se rappelait l'année passée : sa mère travaillait tard tous les soirs et ne dormait que quelques heures par nuit, pourtant elle était venue à la réunion de parents d'élèves et l'avait félicitée sur le chemin du retour. Et, lors de son dernier récital de piano, son père était au premier rang, même s'il s'était endormi dans le bus du retour et qu'elle avait dû le secouer pour qu'ils ne ratent pas leur arrêt.

Et, la dernière fois qu'elle avait été malade, ses parents s'étaient relayés pour rester avec elle. Il y avait toujours quelqu'un à côté de son lit pour lui tenir la main. Même Freddy s'était faufilé sous les draps pour la mâchouiller avant qu'on l'attrape…

Elle allait les revoir. Personne ne l'arrêterait, et surtout pas les Chapardeurs.

Elle serra les poings et sentit des picotements sur sa peau. Ses articulations brûlaient, ses muscles tressaillaient, sa respiration s'emballait, tout son corps parcouru d'un courant électrique qu'elle ne pouvait ignorer.

La détermination est une arme redoutable. Et, quand elle est doublée de peur et de fureur justifiée, grâce à elle on peut accomplir l'impossible. Elle permet à une mère de soulever la voiture sous laquelle est coincé son bébé, à un athlète de dépasser le record du monde… Et elle allait permettre à Flick Hudson de changer pour toujours la nature de la magie.

34

Jonathan avait l'impression d'avoir passé des jours à ouvrir des bagages avant d'en trouver un qu'il pouvait utiliser. Vert pâle, il entraîna une flopée d'araignées mortes avec leurs toiles quand il le souleva de l'étagère.

Jonathan avait aussi trouvé *l'autre* valise qu'il cherchait. Celle-ci était gris métallique bordée de blanc. L'idée née dans l'échoppe de l'Apothicaire prenait forme.

Cette trouvaille à la main, il ouvrit la valise verte et entra dedans. Il ressortit en clignant des yeux et resta pétrifié.

Il se trouvait dans une pièce aux meubles opulents, dégoulinant d'or et de diamants. Une table en forme de U était recouverte de nourriture exotique et luxueuse, sous la lumière vacillante des bougies. Et les occupants de la pièce – une vingtaine de convives au visage bleu-vert, très grands et très beaux – regardaient Jonathan avec étonnement. Les Elfes.

– Ah, je vous prie de m'excuser, dit-il avec un sourire tremblant. Pardon de vous interrompre…

L'un des Elfes, une femme, se leva, ayant apparemment du mal à croire ce qu'elle voyait.

Le garçon ne se découragea pas.

– Je ne compte pas rester, ne vous dérangez pas pour moi. Je cherche juste une autre valise, dit-il en indiquant celle qu'il tenait à la main. Il devrait y en avoir une… par… ici…

Les êtres continuaient à le fixer.

– Je suis de la Société Mondétranges. Mon nom…

Il s'interrompit, réticent à faire cette révélation à des êtres qu'il ne connaissait pas.

L'un des convives se tourna et murmura quelque chose à son voisin. Un autre souleva paresseusement ses couverts en or.

Il n'avait pas le choix.

– Mon nom est Mercator, lança-t-il telle une offrande. S'il vous plaît. J'ai besoin de votre aide.

Les visages s'éclairèrent, et plusieurs Elfes se mirent à parler avec excitation. La femme Elfe qui était debout dit quelque chose et Jonathan reconnut le mot « bagage ».

– Bagage ? Vous avez une valise ? J'essaye de rejoindre la Cité des Cinq Lanternes. Mon amie est en danger.

La femme Elfe s'approcha de lui.

– Nous allons te la montrer. Nous devons une faveur à ta famille.

Elle ouvrit une porte qui donnait sur un jardin peu éclairé.

– Après cela, nous serons quittes.

Elle sortit à grands pas, Jonathan trottinant derrière elle dans la nuit fraîche.

– Vous nous devez une faveur ? Qui vous a donné la valise ?

– Celle qui nous a confié le bagage était une femme de ton espèce appelée Elara Mercator. Elle nous a donné une issue de secours.

Il s'immobilisa sur le chemin.

– Une issue ?

La femme hocha la tête.

Nous voulons une porte pour sortir de ce monde… Les mots de Fraud revinrent à l'esprit de Jonathan, et il jeta un coup d'œil à la valise grise qu'il tenait.

– Ce monde est-il en danger ?

La femme ne sembla pas surprise par sa question.

– Tous les mondes sont en danger, petit. L'équilibre des schismes et de la magie est périlleux. Les Mondé-trangers l'ont toujours su.

– L'équilibre, répéta Jonathan.

Il pensa aux rues disparues de Cinq Lanternes. Au comptoir introuvable dans la montagne. Aux difficultés que rencontrait l'agriculture dans la Ville de Corail. Au changement d'attitude de Tam et de sa tribu d'enfants.

Et il pensa à Felicity. Sa magie, ses pouvoirs, son don.

Quelque chose avait changé dans le Multivers. Quelque chose d'énorme.

La réponse était-elle à Cinq Lanternes ? Y avait-il vraiment un schisme géant ? Pouvait-il causer tous ces étranges changements ?

L'Elfe s'arrêta devant ce qui ressemblait à une maison de campagne et ouvrit la porte. À l'intérieur se trouvait une montagne d'objets, de vêtements, d'épées avec, au milieu, une vieille valise couleur crème. Les genoux de Jonathan faillirent fléchir de soulagement.

– Merci. Oh, merci.

Il souleva la valise, ayant presque envie de l'embrasser.

– Sais-tu où elle mène ? demanda l'Elfe.

Il hocha la tête.

– Si ma carte est à jour, elle mène à Cinq Lanternes.

– Cet endroit est dangereux. Tu dois beaucoup tenir à ton amie.

Le jeune homme resserra son étreinte sur la valise.

– Je… suppose que oui.

– Je te souhaite bonne chance, jeune Mercator. Cinq Lanternes est un monde blessé. Il aura besoin de soins, si ce n'est pas déjà trop tard.

Jonathan posa la valise et souleva le couvercle.

– Je viens te chercher, Felicity.

La boule de peur dans le ventre de Flick s'était transformée en colère. C'était injuste.

C'était.

TELLEMENT.

Injuste.

Elle ne méritait pas ça. De sa vie, elle n'avait rien fait d'assez méchant pour mériter ça.

Rester ici, pour toujours ?

C'était… *impensable.*

Elle serra les dents et se leva sans réfléchir, les membres tremblants de rage. Ses veines semblaient chargées d'électricité, chaque globule rouge vibrant d'énergie, de colère et de peur, les larmes se mettant à couler sur ses joues.

– Je…, siffla-t-elle entre ses dents. Je… ne… reste… pas… ici.

Sa vision se troubla et la pièce tournoya autour d'elle. L'air semblait s'être assombri et son corps émettre sa propre lumière.

Je ne reste pas ici.

Elle donna un coup de poing dans le mur.

Au lieu de lui briser les doigts, le mur *bougea.* En un instant, il avait disparu. Il n'y avait plus que le feu brûlant en elle, la lumière qu'elle pouvait à peine contenir. Elle posa les mains là où le mur se trouvait une seconde auparavant, son vernis à ongles lançant des étincelles dans l'obscurité.

Ce n'était pas juste.

Je ne reste pas ici.

Sa colère était plus forte que sa prison, sa détermination irrépressible. Elles poussaient les murs, les pliant, les tordant, jusqu'à ce que…

Le monde qui l'entourait explosa comme un miroir dont les éclats s'incrustèrent dans son esprit. Elle chancela. Un tourbillon de magie l'enveloppait. Elle releva la tête, se frayant un passage à travers les débris de matière comme au milieu d'un vol d'oiseaux silencieux. Chaque articulation lui faisait mal, et chaque respiration prenait une éternité. Les éclats du monde se disloquaient dans le néant. Quelque chose qui ressemblait à un océan se rapprochait d'elle, mais trop vite, beaucoup trop vite.

Elle avait lu une fois que tomber dans l'eau à grande vitesse était comme s'écraser contre du béton.

Elle leva une main pour se protéger.

35

La trame du Multivers s'écarta pour elle comme des brins d'herbe. Elle poussa le bras plus loin, tentant de s'y agripper. Les éclats de magie ne blessaient pas sa peau mais quelque chose de bien plus profond, caché et inconnu. Quelque chose dont Flick ne connaissait même pas l'existence avant que cela la plie de douleur.

Une vague d'énergie sombre, proche de l'adrénaline, se souleva dans sa poitrine. Elle courut dans ses veines, alimentant une machine interne qu'elle ne connaissait pas, qu'elle avait lancée sans savoir comment l'arrêter.

Elle pouvait juste la diriger.

Les schismes sont des ponts entre les mondes et traversent des étendues de vide pur, prêtes à dévorer la moindre goutte de vie qui s'y aventurerait.

Personne ne peut passer d'un monde à un autre sans valise ni magie en bouteille.

Personne ne l'avait jamais fait.

Avant aujourd'hui.

Un tortillon d'énergie jaillit de Flick, telle une sonde lancée par son ombre, et frôla un autre monde, puis se resserra autour de lui.

Flick ressentit un choc au niveau de l'estomac, comme si on l'avait attrapée au lasso. Elle faillit lâcher la prise de son ombre sur le monde devant elle, mais s'accrocha instinctivement. Si elle avait gardé les yeux ouverts, elle aurait été témoin de ce que vit une valise lorsqu'un voyageur la tire après lui.

Et enfin…

La Salle d'Attente se plia tel un origami. Les bords s'effondrèrent, les murs tombant dans le néant et s'évanouissant comme si quelqu'un avait pressé la touche « effacer ». Le centre de la pièce se souleva, s'élargit et se froissa à la façon d'une boule de papier. Le minuscule monde se tordit une dernière fois, expulsant ses occupants comme du dentifrice hors d'un tube.

Et un schisme – un schisme tout neuf, brillant et terrible – s'ouvrit dans la Cité des Cinq Lanternes.

Juste à temps pour voir le trottoir s'approcher à vitesse grand V, Flick ouvrit les yeux et se rattrapa avant de s'aplatir au sol. Les autres habitants de la pièce dégringolèrent à sa suite, la Réceptionniste laissant échapper une flopée de jurons bien choisis, tentant de protéger sa coiffure d'une main et d'amortir sa chute de l'autre.

Flick se leva en titubant, la vue brouillée et les membres glacés. Elle tapa des pieds pour tenter de retrouver des sensations dans ses jambes engourdies.

Elle regarda derrière elle : il n'y avait rien.

Bien qu'elle ne puisse pas voir les schismes sans la loupe de Jonathan, elle savait qu'il n'y avait rien à voir. Le schisme qu'elle avait créé pour s'échapper avait disparu. Refermé, guéri par l'énergie magique qu'il avait sûrement absorbée directement de la Salle d'Attente.

Elle avait créé un schisme.

Alors, qui est « juste une gamine avec un peu de magie » ? pensa-t-elle quelques secondes avant qu'une migraine colossale lui arrive sur la tempe comme un coup de poing. Simultanément, une crampe lui traversa le pied droit et elle claudiqua jusqu'à l'endroit où Greysen et Darilyn étaient allongés sur le sol.

Une lumière blanche enveloppait les deux Vifargent. Ils se regardaient bouche bée alors que leurs rides disparaissaient, leur peau s'adoucissait et leurs cheveux retrouvaient leur couleur. Sous les yeux ébahis de Flick ils rajeunirent de cinquante ans, redevenant un jeune couple.

– Qu'est-ce qui vous arrive ?

– Nous n'étions pas vieux en entrant dans cet endroit, dit Darilyn en regardant les taches brunes disparaître de ses mains. Cette pièce aspirait notre vie pour continuer à exister.

Vivre dans un monde qui n'est pas le tien pompe ta force vitale. Au début, on se sent juste fatigué, puis on est malade, et enfin on meurt bien avant son heure.

Darilyn regarda de nouveau ses mains, puis la fillette.

– Qu'as-tu fait ?

Flick secoua la tête.

– Je ne sais pas. J'ai… créé une sortie, je crois.

– Mais tu *ne peux pas*, dit Darilyn. Qu'es-tu ?

Flick ne savait pas quoi dire. La peur de ne pas savoir ce qu'elle était revint en force, lui coupant le souffle et les genoux. Elle s'assit brutalement sur le trottoir, la sensation de ce qu'elle venait de faire résonnant sous sa peau tel un sombre écho.

À l'instant où Flick faisait son retour dans Cinq Lanternes, Jonathan débarquait sur la place principale deux kilomètres plus loin. Le livre de cartes sous le bras et la valise grise à la main, il était si pâle qu'on aurait pu le prendre pour un clown blanc un peu débraillé.

– Oh, j'y suis, dit-il en souriant faiblement. Ça a marché. Bien.

Ignorant le nœud dans son estomac, il repoussa la valise dans le monde des Elfes. Puis il s'assit, pris de vertiges, la vue troublée de points rouges et noirs lui signifiant sans équivoque qu'il était hors de question qu'il se lève pendant au moins quelques minutes.

Greysen et Darilyn voulaient rentrer à l'Emporium pour voir ce qu'il en restait. Felicity décida de les accompagner, dans l'espoir que Jonathan y soit encore. Les Conservateurs avançaient d'un pas chancelant, en se tenant la main. Darilyn touchait régulièrement les cheveux noirs de son mari, comme pour s'assurer qu'ils n'allaient pas blanchir à nouveau.

La Réceptionniste marchait près de la fillette, apparemment abasourdie, Cinq Lanternes lui semblant complètement étrangère. Elle avait l'air perdue.

– Est-ce que ça va aller ? demanda Flick.

– Je suppose que je vais découvrir si ma maison est encore là, répondit-elle avec un sourire triste. Et toi ?

Flick soupira.

– Je dois trouver Jonathan. Le garçon avec qui je suis venue ici. J'espère qu'il sera encore à l'Emporium ou dans les environs.

Le groupe traversa une place et passa dans une rue qu'elle ne connaissait pas. Elle allait demander s'ils étaient dans la bonne direction quand Darilyn poussa une clôture et déboucha dans l'allée des Spectres, juste à côté du magasin.

Flick les suivit à l'intérieur, mais s'immobilisa en voyant que la boutique était vide.

– Il n'est pas là.

– N'abandonne pas tout de suite, dit Greysen, dont le visage juvénile lui était presque étranger. Il est peut-être au fond.

– J'espère, dit-elle, gagnée par la nervosité. Sinon, je suis coincée. Il a la valise avec lui…

– Ah, la valise. Oui, tu es bien la fille en question, dit une voix couleur cercueil.

Flick se retourna et se retrouva nez à nez avec deux Chapardeurs sortant de l'arrière-boutique, leurs manteaux rouges flottant derrière eux.

La Réceptionniste poussa un cri et s'enfuit par la porte ouverte. Greysen et Darilyn avancèrent pour défendre la fillette. Les deux Chapardeurs leur faisaient face, prêts à en découdre.

Felicity croisa le regard de Darilyn et secoua la tête. Elle ne voulait pas que quelqu'un soit blessé pour elle. Elle fit un pas en arrière.

– N'y pense même pas, petite, avertit le plus grand des Chapardeurs.

Il toisa les Vifargent et s'adressa à son compagnon :

– Je m'occupe de ces deux-là. Toi, amène la fille à la Contremaîtresse. Elle sera *très* surprise de savoir où nous l'avons trouvée.

– Oui, Barbo, répondit l'autre avec un sourire cruel. J'espère que je n'aurai pas besoin de te traîner, gamine.

– Vous ne m'emmènerez nulle part, dit Flick d'une voix qu'elle aurait aimé moins tremblante.

Barbo regarda par-dessus son épaule et sourit.

– Tu ferais mieux de coopérer, Mondétrangère. Chip, qui travaille avec moi, n'est pas quelqu'un qui s'oppose à la violence : évite de lui donner une excuse de l'employer contre toi.

Il se tourna vers les Vifargent.

– Bien, vous deux. Nous allons avoir une petite conversation et vous allez me dire où vous avez caché le reste de vos valises.

Flick n'osa pas regarder les deux Conservateurs que Barbo emmenait dans l'arrière-boutique. Elle leva les yeux vers le visage de son garde, dissimulé par sa capuche rouge.

Chip ôta cette dernière, révélant des cheveux blanc argenté et un visage pointu.

– À nous deux. Facilite-moi la vie et suis-moi sans faire d'histoires.

36

Flick se sentait à mi-chemin entre l'épuisement et la rage. À quoi bon s'évader si c'était pour être recapturée dans l'heure ? Elle serra les poings, tentant de rassembler ses idées. Comment échapper à ce·tte Chapardeur·euse ?

Elle jeta un coup d'œil à Chip. C'était la personne la plus pâle qu'elle ait jamais vue, presque transparente. Ses yeux semblaient passés à la javel, la faisant paraître plus vieille. Bien que son visage n'ait pas de rides, iel était entouré·e d'une aura de vieillesse, comme si on l'avait trop usé·e.

– Arrête-toi là, ordonna Chip en s'immobilisant devant un mur de brique.

Sur ce dernier se trouvait un rectangle en métal de la taille d'un livre de poche, d'où sortait un petit plateau et sur lequel était coulée l'image horrible d'un visage souffrant.

– Où m'emmenez-vous ? demanda Flick d'une petite voix.

Chip sembla passer en revue les diverses façons de lui retirer sa langue. Se tournant sans un mot vers le mur, iel sortit un petit œuf en céramique colorée de sa poche et le posa sur le plateau.

L'œuf brilla un instant d'une lueur chaude, puis il… mourut. Il parut se faner, sécher et se craqueler, la céramique soudain momifiée.

À cet instant, les briques s'ouvrirent. Chacune pivota sur son axe, disparaissant ainsi que ses voisines. Une ouverture de la taille d'une porte apparut dans le mur, menant à une allée sombre.

Le petit œuf était une sorte de paiement, réalisa Flick.

– Jonathan me trouvera, dit-elle en entrant dans l'obscurité.

– J'espère bien, répondit Chip.

La porte se referma derrière eux.

Les lanternes de la cité s'étaient allumées, la lumière dorée brillant dans la nuit. Jonathan dut marcher deux kilomètres avant d'atteindre le bâtiment grandiose de l'Ordre des Chapardeurs. De près, il était encore plus majestueux, une cathédrale du vol. Les fenêtres du rez-de-chaussée arboraient des vitraux créés à l'emblème des Chapardeurs : une main tenant une bourse. Il y avait aussi une autre scène : une bouteille bleu pâle devant un éclair argenté. Cette image était tellement semblable à l'écusson de la Société Mondétranges que le jeune homme s'immobilisa un instant.

Mais il n'avait pas de temps à perdre.

Il poussa la lourde porte et se présenta à la réception, où un Chapardeur le toisa, perplexe.

– Je peux vous aider ?

– Je viens voir la Contremaîtresse, dit Jonathan en ajustant son nœud papillon. Je suis attendu.

– Très attendu.

Il se retourna et aperçut une jeune femme dans l'encadrement d'une porte.

– Parfait. Je déteste les salles d'attente.

La Chapardeuse sourit comme s'il avait fait une bonne blague.

– Je m'appelle Rapine. Je vous prie de m'accompagner.

– Rapine, répéta le garçon en levant les yeux au ciel. Vos surnoms sont tous tellement originaux.

Elle eut un léger sourire.

– On s'y fait.

– Oui, comme à une rage de dents.

Rapine garda le même sourire blême.

– Vous comptez rester ici toute la journée ?

Jonathan aurait aimé que sa tête lui fasse moins mal. La boisson de Tristyan était loin et les voyages par valise successifs vous rendaient malade même quand vous étiez au mieux de votre forme, ce qui n'était décidément pas son cas.

– Non, non, dit-il en avançant vers elle. Je suis aussi pressé que vous de régler cette affaire.

Rapine mit une main dans son dos pour le diriger et ils passèrent la porte, vers le bureau de la Contremaîtresse.

37

Flick et Chip marchaient le long d'un couloir tortueux bordé de pierres bleues qui s'allumaient à leur passage.

– C'est l'entrée utilisée par les hauts dignitaires et les nobles, l'informa Chip. Tu es privilégiée.

– Les plafonds sont un peu bas à mon goût, railla Flick, bravache.

Chip lui lança un regard noir.

– Te réduire au silence serait sans conséquence, gamine. La Contremaîtresse n'a pas besoin que tu puisses parler. Ni te tenir debout.

Elle serra les lèvres, étouffant une bouffée d'angoisse qui menaçait de sortir en un cri.

Le couloir s'arrêta brusquement et Chip ouvrit une porte, lui faisant signe d'entrer. Elle passa dans une antichambre où des Chapardeurs plaçaient des objets sur des balances pendant que d'autres écrivaient dans des registres. Aucun d'eux ne sembla se soucier d'elle… sauf une.

En traversant la salle, Flick aperçut un visage familier aux yeux écarquillés de surprise – *Brigg !* – avant d'être propulsée dans une autre pièce.

Elle était de retour dans le bureau de la Contremaîtresse, à l'atmosphère rendue encore plus mystérieuse par un éclairage minimaliste. Une porte s'ouvrit derrière elle : la maîtresse des lieux entra, les sourcils froncés.

– Pourquoi est-elle ici ? Jonathan Mercator n'est pas encore arrivé.

Flick était déboussolée.

– C'est lui que vous voulez ?

– Tout à fait.

– Contremaîtresse, intervint Chip, Rapine est partie accueillir le fils Mercator. Elle l'amène ici.

– Eh bien, il a eu tout le temps de trouver ce que nous lui demandions. Les lanternes sont allumées, le temps est écoulé.

Elle regarda Flick, qui se sentit horriblement vulnérable.

– Mais puisque nous avons quelques instants pour discuter… Quel lien as-tu avec Jonathan Mercator, petite fille ? Et que sais-tu de la Société Mondétranges ?

– J'en suis membre, s'empressa-t-elle de répondre.

Flick imaginait aisément le sort de ceux que les Chapardeurs considéraient comme sans valeur, elle voulait donc donner l'impression d'être le plus importante possible.

– Alors tu sauras que je suis la Contremaîtresse Gruge, et que Cinq Lanternes est notre ville.

– Si c'est votre ville, pourquoi vous cacher au sous-sol ? demanda-t-elle avant de pouvoir s'en empêcher.

Chip fit un pas en avant, mais Gruge secoua la tête.

– Pas besoin de violence…

Elle ne dit pas « pour l'instant », pourtant Flick l'entendit clairement. Se tournant vers elle avec un grand sourire, elle continua :

– Et la raison pour laquelle nous nous « cachons », comme tu dis, se trouve dans la ville elle-même. Dans ton monde, il est mal vu de prendre ce qui ne t'appartient pas. Et dans notre monde, autrefois, c'était pareil.

Flick ouvrit grand les yeux, surprise.

– Rester sous terre et hors de vue était un vieil accord entre la ville et ses Chapardeurs. C'était censé maintenir les prétendus « crimes » à un degré acceptable. Mais au fil du temps, au lieu d'être relégués dans l'ombre, nous avons acquis le pouvoir sur la ville.

– Vous êtes les chefs ?

Sa question fut éclipsée par l'entrée de Barbo, qui lui lança un sourire méchant avant de s'incliner devant Gruge. La fillette bouillonnait.

– Qu'avez-vous fait à Greysen et Darilyn ?

– Ce que je fais toujours à ceux qui ne peuvent pas me dire ce que j'ai besoin de savoir.

– Vous…

La nausée l'empêcha de terminer sa phrase.

– Barbo, ne provoque pas la gamine, elle n'a aucune importance.

Flick aurait voulu hurler. Elle se contenta de jeter un regard noir à Gruge, qui haussa les épaules, l'exaspérant encore plus.

– Nous sommes l'une des sociétés qui gouvernent Cinq Lanternes, continua la Contremaîtresse. Nous avons fait passer le chapardage de quelque chose d'inacceptable à une simple gêne. Nous permettons même aux clients de racheter leur bien, à un prix raisonnable. Nous ne sommes pas les « méchants » que tu aimerais haïr, petite. N'es-tu pas devenue amie avec l'une de nos Troisièmes Classes ? La fille de Vyce ?

Flick pensa à Brigg, dans l'antichambre.

– Je ne vois toujours pas pourquoi vous volez des choses. Et vous m'avez kidnappée !

– C'est vrai, mais seulement pour organiser un échange, sans malice. Nous avons besoin de sortir de cette ville.

– Pourquoi ? Si c'est vous qui commandez ici, pourquoi vouloir partir ?

Un tic nerveux agita le visage de la Contremaîtresse.

– À cause du schisme.

– Quel schisme ? dit Flick en regardant les Chapardeurs assemblés, qui avaient tous l'air très mal à l'aise. Un schisme dans une valise ?

Gruge la contempla longuement avant de continuer :

– Cinq Lanternes est un monde d'intense magie. Il y a toujours eu des schismes ici. Personne ne peut les voir, bien sûr, mais ceux d'entre nous qui possèdent des loupes ont observé la lueur magique flotter dans la même direction depuis un moment. Elle quitte ce monde pour nourrir un seul schisme, à un rythme tel que nous en voyons les effets ici quotidiennement.

– Vous voyez la magie ? demanda Flick. Vous avez des loupes ?

Gruge sortit de sa poche une loupe en argent et bois poli. L'estomac de la fillette se noua. Voir dans la main d'une Chapardeuse une chose qu'elle associait à Mondétranges lui donnait envie de la lui arracher.

Comme si elle lisait dans ses pensées, Gruge gloussa.

– Ces lentilles sont très, très rares. C'est sans doute l'objet le plus précieux que j'aie jamais eu entre les mains. Nous n'en possédons que quelques-unes, utilisées par les membres les plus dignes de confiance de ma Première Classe. À ce niveau, le chapardage est secondaire. Leur tâche principale est de collecter de l'énergie magique.

Flick remarqua les armoires vitrées. Elles paraissaient vibrer, brillant d'une lumière blanche. Il lui semblait étrange de stocker tant de magie dans un endroit si exigu.

– Il y a de la magie dans ces bouteilles ?

– Correct.

– Pourquoi en stocker autant ?

Barbo se pencha en avant.

– Madame la Contremaîtresse, puis-je vous conseiller la prudence ? Cette enfant pose beaucoup de questions. Elle pourrait être une espionne.

Gruge leva un sourcil.

– Es-tu une espionne, petite ? Il est vrai que tu poses beaucoup de questions, tout en prétendant ignorer beaucoup de choses. Qu'est devenue la Société Mondétranges si tu en sais si peu ? Existe-t-elle même toujours ? demanda-t-elle en plissant les yeux.

Flick déglutit.

– Si elle n'existait plus, comment serais-je arrivée jusqu'ici ?

– Je suppose que c'est vrai. Même si à présent elle a l'air d'être gérée par des enfants.

Elle se dirigea vers le bureau, sur lequel elle s'assit, regardant la fillette de haut, son sourire vide toujours arrimé aux lèvres.

– Cinq Lanternes est condamnée. C'est une ville transpercée de plaies et de cicatrices, mais elle s'est toujours guérie elle-même. Jusqu'à ce qu'un schisme si grand qu'il ne pourrait jamais être refermé apparaisse dans notre ciel.

Flick imagina une grande déchirure brillante, comparable à celle qu'elle avait vue devant Mondétranges, traverser le bleu du ciel de Cinq Lanternes. Invisible, personne ne s'en préoccuperait avant qu'il ne soit trop tard. Elle aurait aimé pouvoir arracher la loupe des mains de Gruge, courir dehors et la diriger vers le ciel, juste pour vérifier en personne les dires de la Chapardeuse.

Cette dernière se redressa.

– La magie fuit ce monde plus vite qu'on ne peut la remplacer. Ça ne peut mener qu'à une chose : la fin de Cinq Lanternes.

38

– Ce n'est pas possible, parvint à articuler Flick. Les schismes cicatrisent si on les laisse tranquilles. Pourquoi pas celui-ci ?

– Sa taille, soupira Gruge. Pour pouvoir se refermer, il devrait emporter Cinq Lanternes avec lui, et il le fera. Ça a déjà commencé. Des rues entières disparaissent. La magie est plus difficile à mettre en bouteille. Même les gens se volatilisent.

Comme le père de Jonathan, songea Flick. Il était trop facile d'imaginer une version de son ami en plus âgé être aspirée pour toujours par une fissure dans le ciel. La nausée la reprit.

– Nous n'avons pas l'intention de rester ici et de connaître le même sort, continua Gruge. Nous quitterons cet endroit et rebâtirons ailleurs. Nous l'avons déjà fait.

– Déjà fait ? Mais… vous ne pouvez pas survivre dans un monde qui n'est pas le vôtre !

– Oh, dit Gruge avec un sourire sincère qui n'en était que plus terrifiant, il y a des manières d'utiliser la magie que même la Société Mondétranges ne connaît pas.

À cet instant, comme si elle attendait cette réplique, Rapine entra en poussant un Jonathan chancelant devant elle.

Le soulagement puis le choc laissèrent Flick sans voix.

Les cheveux du garçon étaient en pétard, ses lunettes de travers, il avait une trace de boue sur le menton et du sang séché sur la lèvre supérieure. Et, trahison suprême, il avait une valise à la main.

Tu leur en as apporté une ! pensa-t-elle, outrée. *Tu leur en as vraiment apporté une… Mais qu'est-ce qui t'a pris ?*

– Jonathan, siffla-t-elle à travers ses dents serrées.

Son regard se posa sur elle et Flick vit qu'un de ses verres de lunettes était brisé.

– Ah. Te voilà. Ils t'ont bien traitée, au moins ? Assez à manger, et tout ça ? Je suppose que personne ne sait préparer une tasse de thé correct, par ici.

Ne sachant pas s'il plaisantait ou non, elle oscillait entre le désir de hurler de rage et celui de gémir de désespoir. Au final elle resta muette, attendant la suite des événements.

– Je dois dire, je ne suis pas fan du décor. On dirait un magasin de tapis.

Gruge se hérissa.

– Nous ne t'avons pas amené ici pour que tu commentes notre ameublement, Mercator.

– Oui, c'est sûr qu'on a loupé le… eh bien, à défaut du coche, au moins la charrette à bœufs. Avez-vous retrouvé la raison, Contremaîtresse ?

Gruge désigna le bagage qu'il portait.

– Vous n'avez rien qui puisse nous intéresser, hormis cette valise.

– Oh, celle-là ? dit-il en la soulevant. Je crains que vous ne fassiez erreur. Elle n'est pas pour vous. Elle mène à Mondétranges, pour ramener Felicity à la maison.

La fillette cligna des yeux et contempla la valise. Quelque chose titillait son inconscient, mais elle ne pouvait mettre le doigt dessus.

Une veine se dessina sur la tempe de Gruge.

– Tu oses venir ici sans rien pour négocier ?

– Quitter Cinq Lanternes n'est pas la solution pour vous, dit Jonathan.

La Contremaîtresse éclata de rire.

– Comme si tu avais le pouvoir de nous dire quoi faire ! Tu ne nous donnes pas de valise ? Tu ne récupères pas la fille. Si elle ne t'est d'aucune valeur, la magie qui la maintient en vie nous sera bien utile.

Flick retint son souffle.

– Vous ne pouvez pas !

Elle s'imagina tomber par terre telle une marionnette dont on aurait coupé les fils, sa force vitale aspirée dans une fiole brillante.

– Rapine, apporte-moi une bouteille, ordonna Gruge.

– Non !

– Arrêtez, dit Jonathan en faisant un pas en avant. Vous n'avez pas besoin de nous menacer. Nous pouvons négocier. Ce monde n'est pas perdu.

– Pas *encore* perdu, corrigea Gruge.

– Les schismes peuvent guérir. Ils sont obligés de cicatriser. C'est l'une des vérités du Multivers.

– Et pourtant celui-ci ne guérit pas.

– Il pourrait, si vous l'aidiez.

– Comment ?

Jonathan se redressa.

– Quelle quantité d'énergie en bouteille se trouve entre ces murs ?

Gruge s'avança vers lui, folle de rage.

– Tu veux que nous sacrifiions notre magie ? Nous l'avons *gagnée*. Extraite de ce monde, comme de droit, et nous en prenons soin.

– Vous la contrôlez, répliqua-t-il, mais elle ne vous appartient pas. C'est une ressource qui devrait être disponible pour tout le monde ici. Et regardez ce qui se passe quand elle n'est pas autorisée à circuler !

– Tu penses sérieusement que c'est *notre* faute ? Les schismes dans le tissu du Multivers… Ce schisme dévoreur dans *mon* monde… Ne sais-tu pas d'où ils viennent ?

L'expression du garçon passa de butée à perplexe.

– Ne sais-tu pas ce qui va se produire ?

Un frisson parcourut Flick. C'était un secret glacial, ancien et bordé de silence. Elle pouvait le sentir.

Jonathan ne répondit pas. Une étincelle de joie s'alluma dans les yeux de Gruge, qui se pencha plus près encore.

– Oh ! Oh, alors tu ne sais vraiment pas. Tu n'es qu'un enfant, n'est-ce pas ? Courant dans le noir. Tu voyages à travers tes valises, visitant les mondes comme un conquérant, et pourtant tu n'as aucune idée des vrais enjeux.

Le jeune homme fit claquer sa langue.

– Allez-vous me le dire, ou le suspense est-il trop délicieux pour que vous crachiez le morceau ?

Gruge sourit méchamment.

– Dis-moi : à l'origine, pourquoi la Société Mondétranges s'est-elle formée, petit Mercator ?

– Pour maintenir l'équilibre des schismes et de la magie, bien sûr, répondit-il en fronçant les sourcils. Pour protéger les mondes.

– Les protéger, Mercator ? Oui, bravo. Mais de quoi ? De qui ?

L'air dépité de Jonathan alarma Flick. *Les protéger de quoi ? De… qui ?*

La Contremaîtresse secoua la tête.

– Si tu connaissais nos adversaires – nos adversaires à *tous* – tu détruirais ces valises sans un remords.

– Les schismes à l'intérieur des valises ne peuvent pas être détruits, dit le garçon, l'air de quelqu'un qui essayait de saisir du sable filant entre ses doigts. Ils n'utilisent ni ne rejettent de magie. Ils sont en sécurité. C'est mon – notre – travail de les maintenir en sécurité.

Gruge se redressa et éclata de rire.

– En sécurité ? Nous ne l'avons jamais été, pas un instant. Le Multivers court un danger plus grand que tu ne l'imagines.

Flick pensa aux piles de valises entassées à Mondétranges. Le Multivers était en danger ? Tout le Multivers ? Terre incluse ? Elle serrait les poings si fort que ses ongles lui blessaient les paumes.

Pas mon monde, songea-t-elle, une boule d'anxiété dans la poitrine.

Jonathan lui aussi avait l'air secoué.

– Même si c'est vrai, votre avidité empêche votre monde de guérir. Vous ne pouvez pas avoir la richesse *et* un monde intact. Qu'est-ce qui a le plus de valeur pour vous ?

Gruge le gifla violemment. Le garçon fut projeté en arrière et Flick se serait précipitée vers lui si Chip ne l'avait pas saisie par la manche.

– De quel droit nous juges-tu ? cria Gruge d'une voix stridente. Nous nous sommes réfugiés dans ce monde pour échapper aux persécutions, et tu penses qu'il ne nous tient pas à cœur ?

– Vous avez une drôle de façon de le montrer, dit Jonathan en se redressant, une main sur le visage. Vous le découpez en petits bouts au lieu de le partager, et vous vous étonnez qu'il ne fonctionne plus. Vous pourriez résoudre le problème. Vous n'êtes pas *obligés* de vous transporter ailleurs.

– Et pourtant nous allons le faire. Nous maîtrisons déjà la magie d'une façon inimaginable pour vous. Nous avons même créé un monde.

Le jeune homme écarquilla les yeux.

– Vous… avez fait un…

– Oui, sourit Gruge. Demande à ton amie. Elle y était. Nous avons *créé* un monde.

Flick se dégagea et fit un pas en avant.

– Il n'y a plus de monde, dit-elle d'une voix tremblante. Il n'existe plus.

La Contremaîtresse la regarda, incrédule.

– Qu'est-ce que tu veux dire ?

– Il y en avait peut-être un, mais ce n'est plus le cas. Il a disparu. Je l'ai détruit.

Gruge secoua la tête.

– Tu mens. Chip et Rapine t'y ont récupérée…

– Nous ne l'avons pas trouvée dans la Salle d'Attente, Contremaîtresse, s'empressa d'intervenir Chip. Elle était devant Vifargent.

Il y eut un silence, le calme avant la tempête.

39

Gruge avança, les yeux rivés sur Flick, les ombres se mouvant avec elle.

– Tu t'es enfuie de *mon* monde ? Tu l'as détruit ? Comment ? Il était *verrouillé*.

La fillette tenta d'avoir l'air courageuse.

– Je voulais retrouver ma famille. C'est tout.

– N'essaye pas de me tirer les larmes, cracha Gruge, les yeux étincelants. Les mondes verrouillés ne peuvent être ouverts que par ceux qui les scellent.

Elle se pencha, son visage à quelques centimètres de Felicity.

– Quel genre d'être es-tu ?

L'expression de Darilyn lui posant une question similaire traversa l'esprit de Flick, qui tenta de rester impassible.

– Je… je ne suis qu'une humaine.

– Soit tu es une menteuse, soit tu ne sais même pas ce que tu es… Dis-moi comment tu as fait, je peux te faire parler si tu refuses.

– C'est juste une voyageuse, interrompit Jonathan à la hâte. Je n'amènerais personne ici qui…

Gruge se retourna vers lui, le doigt pointé comme une arme.

– Ta famille est composée de menteurs et de traîtres. On n'a pas besoin de tes lumières.

Elle s'adressa de nouveau à Felicity :

– Je veux quitter ce monde, et pas pour n'importe quel coin perdu choisi par la Société. Je veux un monde rempli de magie. Et toi, talentueuse enfant, tu vas m'en trouver un. Trouve un monde riche de magie, ouvre une brèche et laisse-moi y entrer.

– Non, répondit-elle d'une petite voix.

La Contremaîtresse éclata de rire, ses Chapardeurs se joignant à elle.

– Tu n'es pas en position de pouvoir refuser, dit Gruge. Tu vas faire ce qu'on te dit. Entre dans un monde pour moi.

Flick secoua la tête, la colère s'enflammant sous sa peau, lui donnant l'impression d'avoir des fourmis dans les mains.

– Non. Je ne sais même pas comment.

– Clairement, si. Tu l'as déjà fait.

– Je refuse.

Gruge leva les yeux au ciel.

– Chip, fais entendre raison à notre jeune amie.

Les yeux de Chip brillèrent et iel se précipita en avant. La gamine lui échappa habilement, évitant d'être coincée contre le mur. Chip la suivit à la manière d'un·e prédateur·rice.

– Il n'y a nulle part où t'enfuir ici…

Iel fit un pas de côté et s'élança vers elle, comme dans un mouvement d'escrime sans épée.

Jonathan se servit de la valise pour donner un grand coup dans le dos de Chip, qui s'écroula sur le sol avec un craquement. Le jeune homme fit mine de frapper Chip à nouveau.

– Que quelqu'un maîtrise ce gamin ! aboya Gruge.

Rapine attrapa Jonathan par le col et le tira en arrière comme s'il ne pesait rien.

Chip se releva en crachant et tenta d'attraper Flick, mais celle-ci lui asséna un coup de poing sur le nez. Iel hurla de douleur et essaya d'immobiliser les bras de Flick, sauf qu'elle avait grandi en regardant les gamins de l'immeuble se battre sur le terrain de jeu : elle savait que, dans une vraie bagarre, l'important n'est pas seulement de participer. Il faut blesser l'autre, par n'importe quel moyen, avant qu'il ne vous blesse. Elle griffa le visage de Chip qui, les yeux égratignés au passage, la lâcha en criant.

– Ça suffit ! tonna Gruge d'une voix de stentor qui les figea tous sur place. C'est ridicule : un·e membre des Chapardeurs de Première Classe incapable de maîtriser une petite fille.

Elle traversa la pièce en deux enjambées et arracha la valise des mains de Jonathan.

– Maintenant, soit tu nous ouvres un monde, soit nous entrons dans ta précieuse agence de voyages pour prendre ce que nous voulons, de là où nous voulons. Choisis.

Flick lança un regard noir à la Contremaîtresse.

– Vous ne pouvez pas passer dans mon monde.

– Ce ne serait pas seulement dans le tien. Toutes ces valises. Toutes ces portes à utiliser. De si nombreux mondes. Si tu n'en ouvres pas un pour moi, tu me donneras tout ça. Tout. Ce sera *ta* faute.

La fillette fut prise de vertiges.

– Je… je ne peux pas… je ne sais pas comment !

– Essaye.

– Je ne peux pas !

– ESSAYE ! rugit Gruge. Essaye, stupide *gamine*, ou je drainerai la moindre goutte de magie de ton monde jusqu'à ce qu'il parte en poussière !

Flick eut un sanglot de terreur et leva les mains, se rappelant ce qu'elle avait ressenti dans la Salle d'Attente. L'éclatement de la réalité, le flot de magie sur sa peau et dans ses os : un souvenir lointain, juste hors de portée.

Et elle réalisa avec une bouffée d'angoisse… qu'elle *pouvait* le faire.

Ce n'était pas aussi simple que faire du vélo, mais le souvenir de comment le faire était là, au fond de son cerveau. Elle était sûre que si elle se concentrait vraiment, qu'elle essayait de toutes ses forces, elle se souviendrait de la façon dont elle s'était évadée de cet horrible monde minuscule.

Peut-être qu'elle pourrait trouver un autre monde. L'ouvrir pour Gruge. Ce serait même *facile*…

Elle pouvait le faire.

Mais elle ne voulait pas. Elle pouvait décider de *ne pas* faire ce que Gruge lui demandait. C'était vraiment son choix. Chaque monde était rempli de gens semblables à elle. Semblables à sa mère, à son père, remplis de bébés comme Freddy. Des gens vivants et aimants, qui ne méritaient pas qu'on leur enlève le choix de leur destin.

Comment pourrait-elle donner un monde qu'elle n'avait jamais vu à ces criminels ?

Pourtant comment refuser ?

Soudain nauséeuse, elle réalisa qu'elle ne reverrait sans doute plus sa famille. Tout ce qu'elle redoutait de perdre – ses parents, Freddy, sa vie sur la Terre – disparaîtrait. Elle pouvait sauver Mondétranges, sauver son monde, si elle s'exécutait…

Elle croisa le regard de Jonathan.

Derrière ses lunettes cassées, l'une de ses paupières se ferma à moitié. Il inclina très légèrement la tête vers la valise grise dans la main de Gruge.

La valise était poussiéreuse. Gris métallique. Les fermoirs étaient blanc cassé et rouillés.

La clarté se fit lentement dans l'esprit de Flick, comme la lumière de l'aube. Elle baissa la tête pour dissimuler son expression.

La valise tenue par Gruge n'était pas celle par laquelle ils étaient arrivés. Celle-là était rose perle avec des touches d'or. La fillette regarda de nouveau son ami, dont le visage était redevenu impassible. Essayait-il de lui dire quelque chose ? Avait-il interverti les valises ?

Les mains de Flick tremblaient, son cerveau était en surchauffe. Elle n'avait pas le temps de *réfléchir*.

– J'attends toujours, aboya Gruge. Je n'aime pas qu'on me fasse perdre mon temps.

Felicity avait le choix : faire confiance à Jonathan malgré tout ce qui s'était passé, ou non.

La Contremaîtresse fit un pas en avant.

– Qu'as-tu décidé ?

Flick serra les dents, ferma les yeux, crispa les poings comme si elle faisait un immense effort.

Le désir, l'espoir, l'avidité se succédèrent sur le visage de Gruge.

Les bras de la fillette tremblaient. Ses émotions brûlantes étaient toujours là, demandant à être utilisées, mais elle les ignora. Elle respira lentement, ses membres fourmillèrent comme après une course et, un instant plus tard, la tension en elle s'évanouit.

Elle laissa échapper un soupir et baissa les mains.

– Je n'y arrive pas.

Gruge secoua la tête.

– Quoi que tu sois, ta chance t'a abandonnée.

Elle posa la valise par terre.

– C'est ta faute, petite. L'agence Mondétranges va nous appartenir, tu vas rester ici et disparaître.

Jonathan fit mine d'attraper la valise, la panique lisible sur son visage, et pendant un instant Flick fut terrifiée d'avoir fait le mauvais choix. Barbo immobilisa les bras du jeune homme derrière son dos et celui-ci se débattit, les dents serrées.

– Non, s'écria-t-il. S'il vous plaît. Faites-moi confiance, vous ne devriez pas…

C'était forcément un leurre, une mise en scène. Sinon Felicity avait tout perdu.

La Contremaîtresse passa la main sur la valise et toucha les fermoirs.

– C'est tout ce dont nous avons besoin, jusqu'à la fin des temps.

– Ne faites pas ça ! s'écria Jonathan. Cinq Lanternes peut être sauvée. Je vous en prie, écoutez-moi. Je peux vous aider !

Gruge rit et les autres se joignirent à elle.

– Tu penses pouvoir nous éduquer ? Nous avons vécu cachés bien plus longtemps que notre durée de vie « normale », passant d'un monde à un autre jusqu'à nous arrêter ici. C'était un bon monde. Profitable. Mais il n'est plus en sécurité, et tu m'as donné les clés de tous les mondes du Multivers, à utiliser pour le restant de mes jours.

– Attendez, implora Jonathan en luttant contre Barbo. Attendez… Vous dites que les schismes viennent de quelque part, qu'ils vont déclencher quelque chose. Dites-moi au moins ce que vous savez !

Gruge rit puis s'avança et baissa la voix, de façon que seuls les deux amis puissent l'entendre :

– Si vous voulez comprendre contre quoi nous nous battons, découvrez d'où venait Elara Mercator. Ce qu'était sa vie avant qu'elle fonde cette pathétique agence de voyages. Et ce qui la terrifiait tant qu'elle n'en a jamais parlé à personne, pas même à sa famille.

Gruge jeta un regard pénétrant à Flick.

– Et quoi que *tu* sois, petite fille, cela fait longtemps qu'on n'a pas vu une chose comme toi. Prends garde à toi.

Un frisson glacé parcourut la fillette. La femme se détourna d'eux.

– Tous les Premières Classes sont-ils là ?

– Oui, Contremaîtresse.

Elle hocha la tête.

– Aujourd'hui, nous faisons notre premier pas vers la liberté. Joignez-vous à moi, libérez-vous de la crainte qui pèse sur ce monde. Et sachez que vous serez en sécurité.

Les Chapardeurs hochèrent la tête, déterminés. Felicity se demanda s'ils avaient trop peur de Gruge pour refuser ou si eux aussi voulaient vraiment partir.

La Contremaîtresse s'agenouilla et ouvrit la valise. Une odeur d'air froid en sortit et, pour la première fois, Gruge eut l'air de douter.

– Il suffit… d'y entrer ?

Jonathan s'avança de nouveau.

– S'il vous plaît, Contremaîtresse Gruge, écoutez-moi. Vous devez dire ce qui se passe aux gens de Cinq Lanternes. Vous pouvez aider à guérir ce schisme dont vous avez si peur. Je vous en prie !

– Je ne dois rien à personne. Vous m'avez apporté un tout nouveau monde, et je n'ai plus qu'à le cueillir.

Elle fit un pas dans la valise… et tout s'accéléra.

Rapine, Fraud, Barbo et Chip se précipitèrent en avant comme s'ils étaient liés à leur cheffe par une corde et n'avaient d'autre choix que de la suivre. Ils sautèrent à sa suite, mus par une urgence invisible, leurs manteaux rouges disparaissant un par un…

Barbo, le dernier à y entrer, fit un méchant croche-pied à Jonathan en le dépassant. Ce dernier tenta de se relever en hâte, le bras tendu vers le bagage, l'anxiété peinte sur son visage…

Flick retint son souffle, comprenant d'un coup. Si les Chapardeurs tiraient la valise après eux, ils pourraient revenir quand ils voulaient. Et, s'ils ne voulaient pas aider à guérir le schisme, le jeune homme voulait s'assurer qu'ils ne reviendraient pas pour faire davantage de dégâts à Cinq Lanternes.

FERME-LA ! lui cria le cerveau de Flick. Elle se jeta par terre, glissant vers la valise…

Alors que le dernier morceau de tissu rouge disparaissait dans le schisme, elle y plongea la main. Elle sentit la poignée dans l'autre monde, la saisit, tira.

Je t'en prie ! pria-t-elle de toutes ses forces. *FERME-TOI !*

La valise se retourna telle une chaussette avant de revenir à l'endroit dans la Cité des Cinq Lanternes, disparaissant du monde où les Chapardeurs avaient eu l'imprudence de sauter.

Flick les y scellait, et ils ne pourraient rien y faire.

Elle tomba en arrière, la valise projetée en l'air, et atterrit à côté de Jonathan, qui lui souriait comme s'il venait d'être témoin d'un fantastique tour de magie. Le bagage s'abattit à côté d'eux avec grand bruit.

Ils restèrent assis un moment sans un mot. La pièce semblait soudain très silencieuse.

Flick ouvrit la valise avec précaution. Et découvrit une doublure écossaise, avec une petite poche pour des chaussettes ou des clés. De vieux élastiques détendus depuis longtemps étaient attachés à l'intérieur. Il n'y avait pas d'autre monde. Pas de schisme. Rien qui sorte de l'ordinaire. Elle tapa le fond de la valise : il était solide.

– Je l'ai cassée.

Jonathan eut une exclamation de surprise.

– Comment ça ?

Elle lui montra. Il eut l'air pensif.

– Je vois. Eh bien, je suppose qu'on ne l'utilisera plus, sauf peut-être pour transporter des livres.

– Où sont-ils partis ?

– Le pire endroit possible pour eux, soupira-t-il. Une île entourée d'un océan profond.

Elle le regarda, les yeux ronds.

– Ils vont être coincés là-bas ? Pour toujours ?

– J'espère bien, dit Jonathan, sans pitié. Mais je ne suis sûr de rien.

Felicity contempla l'intérieur de la valise. Les Chapardeurs avaient beau être extrêmement néfastes, les abandonner ainsi…

– Je leur ai bien dit de ne pas y aller, dit son ami comme s'il lisait dans ses pensées.

– Oui, admit-elle dans un soupir. C'est vrai. Qu'est-ce qui va se passer pour ce monde ? Pour toutes les bouteilles ?

– Elles sont remplies de magie. Nous devons la libérer.

– Est-ce que les autres Chapardeurs vont nous laisser faire ?

– Ça m'étonnerait.

Comme invoquée par ces mots, une cavalcade retentit dehors et la lourde porte s'ouvrit pour laisser place à une vingtaine de Chapardeurs apparemment prêts à se battre. Flick se leva d'un bond avant de réaliser que les intrus ne venaient pas pour eux.

Ils étaient de leur côté, cherchant des yeux Gruge et ses complices.

– Où sont-ils partis ? demanda Brigg en se frayant un passage depuis l'arrière du groupe. On a manqué la bataille ?

Flick ne put s'empêcher de sourire de soulagement à la vue d'un visage ami.

– Il n'y a pas vraiment eu de bataille, en fait.

– Oh. Dommage. Je me réjouissais.

Brigg lui fit un clin d'œil et se retourna vers son armée de fortune.

– Ils sont partis, vous autres. Vous pouvez vous détendre.

Il y eut des grommellements, des bruits de métal, et les Chapardeurs posèrent leurs armes.

– Maintenant… Qu'est-ce qui s'est vraiment passé ici, Flick ? demanda-t-elle, les mains sur les hanches.

La fillette jeta un coup d'œil à Jonathan.

– Je ne sais pas si tu vas me croire.

La Chapardeuse croisa les bras.

– Donne-moi une chance.

– Nous détruirons les bouteilles, promit Brigg.

Au dernier étage du bâtiment de l'Ordre des Chapardeurs, dans la salle à manger, ils buvaient du chocolat chaud si épais qu'on aurait dit du gâteau.

– Il semblerait qu'il y en a encore plus dans les murs… et sous le plancher. La magie est partout sauf là où elle devrait être.

– Qu'est-ce qui s'est passé ? Comment l'Ordre est-il devenu aussi avide ?

Brigg haussa les épaules.

– Il y avait un autre Contremaître, avant. Puis, il y a quatre ans, Gruge est arrivée et a pris sa place sans qu'on sache vraiment comment, malgré de nombreuses rumeurs. Bref, après ça, le chapardage a changé. Le système des classes est passé d'un critère de qualité à une garde rapprochée détenant tous les secrets. Seuls ceux que Gruge connaissait personnellement avaient le droit d'intégrer la Première Classe.

Flick posa son mug.

– D'où venait-elle ?

La jeune Chapardeuse fit un geste d'ignorance.

– Personne n'a jamais eu le courage de demander.

– Elle a dit qu'elle n'était pas de ce monde, remarqua Jonathan. J'aurais bien aimé savoir. Difficile, vu sa position actuelle.

Felicity toucha la valise sur la table.

– Et je l'ai cassée…

– Hum, je n'avais pas prévu ça. Je ne me plains pas, remarque.

Brigg lança à Flick un regard admiratif.

– C'est vrai que tu t'es échappée d'un autre monde vers celui-ci ?

– Ouais. Par contre, je ne sais pas si je pourrais le refaire, répondit-elle, gênée.

– J'espère que oui. Ton talent n'a pas fini de nous surprendre, je pense, dit Jonathan en souriant. Maintenant, ne panique pas, mais je crois que nous sommes restés un peu trop longtemps ici.

Il tapota sa montre et Flick le regarda, horrifiée.

– Oh mon Dieu ! Quelle heure est-il ? À Mondétranges, bien sûr ?

– Hum. Il est demain, l'informa le garçon, l'air coupable.

– Demain ?

– Environ cinq heures du matin. Nous devrions rentrer, non ? Vifargent n'est pas loin.

– Attends. Je veux vérifier quelque chose.

Elle tendit la main. Jonathan la fixa un instant avant de sortir la petite loupe de sa poche et de la lui passer.

– Si tu es sûre de toi.

Elle hocha la tête.

– Je veux voir contre quoi on se bat.

Elle alla à la fenêtre et posa la main contre la vitre. Dehors, le ciel était bleu pâle, parsemé de quelques nuages.

– Flick, attention, la curiosité est un vilain défaut.

– Non, ce n'est pas vrai. C'est ce que les gens te disent quand ils sont effrayés et qu'ils pensent que tu le seras aussi.

Elle leva la loupe devant ses yeux.

L'effet fut électrisant et terrifiant. Un voile sombre tomba sur la ville, changeant le bleu du ciel en un noir profond. L'air était rempli de magie tourbillonnante et, au-dessus des immeubles les plus hauts…

… une déchirure flottait dans l'atmosphère. Blanc doré, brillant monstrueusement, elle semblait pulser alors que des parcelles de magie y disparaissaient comme de l'eau coulant sur une pente.

Flick se rendit compte qu'elle pleurait.

– C'est…

Brigg passa un bras autour de ses épaules.

– C'est aussi grave que nous le pensions ?

– Je ne sais même pas comment on pourrait arranger…

Un flash plus bas dans la rue l'interrompit, et un jet de magie blanc doré explosa dans le ciel comme un feu d'artifice, se heurtant au schisme… qui rétrécit.

C'était infime, mais indéniable. Il avait rétréci.

Flick baissa la loupe.

– Ils sont en train de briser les bouteilles, n'est-ce pas ?

– Je l'espère, dit Brigg.

– J'ai vu l'énergie magique retourner au ciel. Guérir le schisme. Vraiment.

Elle se tourna vers Jonathan.

– Ça va s'arranger, n'est-ce pas ?

– On ne peut qu'espérer.

– Nous pouvons faire plus qu'espérer. Même si nous devons changer notre façon de vivre, dit Brigg en reniflant. Rien n'est plus important que cela. C'est notre maison.

Elle serra la fillette dans ses bras. Cette dernière résista avant de se détendre, se sentant soudain complètement épuisée. Brigg la lâcha.

– Merci, Flick, de nous avoir aidés à sauver notre monde.

40

– Cherche une valise bleue. Bleu ciel, avec des fermoirs dorés, dit Darilyn.

Ils se trouvaient dans la cave à vins du Lys Fané, que les caisses d'alcool partageaient avec une vingtaine de bagages. Flick avait été tellement soulagée de voir les Vifargent sains et saufs qu'elle avait sauté au cou de Darilyn sans se soucier de la politesse.

– J'ai cru que Barbo vous avait fait du mal.

– Lui ? railla la Conservatrice en levant les yeux au ciel. Il aboie plus qu'il ne mord. Il n'a pas inventé l'eau chaude, encore moins l'interrogatoire. Il a juste posé un verrou magique sur la porte d'entrée, sans même se demander s'il y avait une sortie derrière, l'imbécile. Autrement, comment aurions-nous pu sortir les valises de l'Emporium sans qu'on nous remarque ?

– Nous les avons cachées ici, ajouta Greysen, car nous n'avions pas beaucoup de temps. Et le Lys Fané est une taverne populaire auprès des Chapardeurs. Ils n'auraient jamais eu l'idée de chercher juste sous leur nez.

Brigg sourit à pleines dents.

– Heureusement que je ne suis pas descendue chaparder du vin !

Darilyn leva les yeux au ciel.

– Continue à chercher cette valise.

– Est-ce qu'elle nous ramènera chez nous ? demanda Flick en fouillant dans la pile.

– Indirectement, dit Jonathan en sirotant la tasse de thé qu'il avait sortie de nulle part. Nous allons passer par les petites routes. Un arrêt, puis Mondétranges.

– On ne risque rien ?

– Un ami nous attend.

– Je croyais que tu n'avais pas d'amis, dit-elle en levant les sourcils.

Les joues empourprées du garçon ajoutaient à sa mine contrite.

– Ah oui… à ce propos… j'espérais que, vu les circonstances…

Flick soupira.

– Attendons d'être rentrés pour avoir cette conversation.

Elle examina les valises et Jonathan s'approcha pour en soulever une.

– Pourquoi elles ne sont pas à Mondétranges ?

– Oh, on ne met pas tous ses portails dans le même panier.

Elle s'assit à côté de lui.

– Selon Gruge, quelque chose a provoqué les schismes dans le Multivers. Elle n'a pas dit quoi, pourtant elle savait. Et toi non.

– Non, confirma-t-il en fronçant les sourcils. Je n'aime pas ne pas savoir.

Darilyn tira la valise bleue de la pile.

– La voilà, Conservateurs. Il est temps de rentrer chez vous.

– Excellent. Mais, avant que nous partions, j'ai quelque chose à vous demander…

Jonathan laissa la phrase en suspens.

– Ton père ? demanda Greysen.

Jonathan hocha la tête.

– Je ne peux pas te dire beaucoup plus que ce que nous avons déjà dit à ton amie. Je suis désolé, à l'époque cela ne m'a pas paru important. Ton père est venu, a mentionné un phare et demandé à être seul dans le magasin. Nous ne l'avons jamais revu.

– Il n'a donné aucune indication sur sa destination ?

– Il n'a pas dit où était ce phare, ni pourquoi il avait besoin d'y aller. Désolé. Je ne sais rien d'autre.

Flick vit Jonathan la regarder du coin de l'œil.

– Je vois.

Il sortit la loupe de sa poche.

– Je sais que c'est beaucoup demander, dit-il, l'air coupable, mais… tu veux bien ?

Elle n'hésita pas, prit la loupe et regarda à travers.

La cave à vins avait une lueur magique diffuse, cependant aucune valise ne scintillait. Pas une.

Elle baissa la loupe et secoua la tête.

– Je suis désolée.

Jonathan resta impassible.

– Il a dû la prendre et la tirer après lui, où qu'il soit allé. S'il est allé quelque part…

Flick s'adressa à Brigg :

– Est-ce que tu as trouvé des informations sur Daniel Mercator dans le bureau de Gruge ? Ou bien entendu quelque chose ?

La jeune fille secoua la tête.

– La dernière fois qu'on l'a vu ici, c'était il y a des mois.

Greysen se racla la gorge :

– Désolé que nous ne puissions pas t'être plus utiles.

– Je n'ai pas dit mon dernier mot, dit Jonathan, déterminé. Je vais revenir.

– Nous allons revenir, corrigea Flick.

Les Conservateurs lui sourirent. Brigg lui fit un petit salut.

Jonathan ouvrit la valise.

– Maintenant… la personne qui nous attend s'appelle Tristyan. Surtout ne fixe pas ses oreilles.

L'Apothicaire insista pour nettoyer le nez sanglant de Jonathan avant de les laisser partir.

– Certaines choses ne changent pas, soupira-t-il.

– Malheureusement, répondit le garçon.

Flick regardait, assise sur une chaise. Ils avaient émergé de Cinq Lanternes dans le salon de Tristyan, au grand soulagement de ce dernier. Il avait donné à la fillette une boisson chaude au goût médicinal en lui faisant un doux sourire qui lui rappela vaguement quelque chose. Puis il s'était mis au travail sur les bleus et bosses de Jonathan.

– On… on se connaît ? demanda-t-elle, brisant le silence. Tristyan ?

– J'allais te demander la même chose, dit l'homme en se tournant vers elle.

Ils se dévisagèrent. L'Apothicaire ramena ses longs cheveux derrière une oreille pointue. Il n'était assurément pas humain.

– Je suis sûre de vous avoir rencontré, mais ce n'est pas possible, n'est-ce pas ?

– Je ne voyage pas à travers les mondes, donc c'est improbable.

Jonathan les regarda tour à tour, une expression dubitative sur le visage.

Flick aurait aimé pouvoir penser clairement, sauf qu'elle était épuisée. Elle haussa les épaules.

– Étrange.

– C'est vrai.

Tristyan lui sourit à nouveau. Flick était sûre d'avoir déjà vu cette expression quelque part. Elle était juste hors de portée, dissimulée dans un nuage sombre.

Jonathan se leva et contempla son reflet dans le miroir. Ses lunettes étaient toujours fêlées, et il avait l'air aussi fatigué que son amie. Elle se demandait si l'infime fragment d'information qu'il avait réussi à obtenir sur son père justifiait tous ces efforts. Elle n'y croyait pas trop. Ils avaient été capturés et avaient failli perdre au passage un monde entier, et malgré tout ça ils en savaient à peine plus qu'avant.

Tristyan s'assit à côté d'elle, la tirant de ses pensées.

– Comment est-ce que ça se passe à l'agence de voyages, Felicity ?

– Hum… ça va.

– Elle a un don pour ça, intervint Jonathan en les regardant par miroir interposé.

– Ah, tu vois.

La fillette leva les yeux au ciel.

– Ne faites pas attention à lui. Il essaye de s'attirer mes bonnes grâces.

– Il y a pire, dit Tristyan. Je pense qu'il aurait fait n'importe quoi pour te récupérer.

Flick ne savait pas quoi répondre.

Jonathan souleva la valise qu'elle avait « cassée », remplie de vieux livres sur la Société provenant de Vifargent.

– Prête ?

– Oui. J'ai été heureuse de vous rencontrer, dit-elle en serrant la main de Tristyan, toujours un peu incertaine.

– Moi de même. Prenez soin l'un de l'autre. Et n'attendez pas aussi longtemps pour me rendre visite la prochaine fois, lança l'Apothicaire alors que les deux amis disparaissaient dans la valise menant à l'agence.

Ils refirent surface à moitié allongés, cul par-dessus tête, dans un entremêlement de membres, gémissant en se frottant les parties du corps qui avaient heurté le plancher.

Flick se traîna jusqu'à l'un des fauteuils.

– Aïe… Mon… Tout me fait mal.

Jonathan claudiqua jusqu'au bureau et échangea ses lunettes brisées contre une paire intacte sortie du tiroir.

– Je compatis.

Il s'écroula dans le siège pivotant.

Felicity ferma les yeux. Elle était crevée, avait mal partout, et elle voulait sa maman. De sa vie elle n'avait jamais autant voulu sa maman. Et elle voulait son père, même s'il s'endormait sur le canapé. Et elle voulait aussi Freddy, même s'il essayait de manger ses manches.

Elle les voulait tous. Ils lui avaient tellement manqué !

Elle se redressa.

– Jonathan…

– Laisse-moi parler d'abord, s'il te plaît, dit le jeune homme en se tournant vers elle. Je suis désolé, tu sais. Je suis tellement… vraiment désolé. Je t'ai menti… je t'ai caché la vérité. Tu es une meilleure personne et une meilleure voyageuse que je ne le serai jamais. Et tu n'es pas obligée de revenir. Si tu veux, l'histoire peut s'arrêter là. Et, si c'est un adieu…

Il tendit la main.

– Si c'est ici qu'on se sépare, je ne regrette pas du tout de t'avoir rencontrée, Felicity. Tu es ce dont ce monde a besoin. Je suis très heureux que tu y sois revenue.

Flick regarda sa main et secoua la tête.

– Ce n'est pas un adieu, dit-elle. Pas encore.

Il sourit.

Flick soupira.

– Vive l'aventure, qu'ils disaient.

– Justement, puisque tu en parles…

Ils se fixèrent et éclatèrent d'un rire fatigué.

41

Trois jours plus tard

– Toc toc, dit Flick en ouvrant la porte.

– Ce n'est pas comme ça qu'on frappe, dit Jonathan en levant les yeux de l'énorme livre qu'il était en train de lire.

Ses jambes étaient étendues sur le bureau, à côté de la loupe.

La fillette sourit et posa une boîte de thé à côté de ses pieds. Elle prit le livre des mains de Jonathan et lut le titre à voix haute :

– *L'Étude des schismes* ?

– Je me suis dit que je devrais au moins essayer d'apprendre ce que mon père ne m'a pas enseigné. C'est intéressant.

Il lui fit un sourire prudent.

– Comment vas-tu ?

– Mieux, je crois.

Elle posa le livre et saisit la loupe, la faisant tournoyer entre ses doigts.

– Qu'as-tu raconté à tes parents à propos de l'endroit où tu étais, au final ?

– Rien. Je me suis dit qu'il serait plus simple de ne répondre à aucune question plutôt que de tenter de garder le fil d'un mensonge. Mon père a pété les plombs. Ils avaient appelé la police, et tout. Je suis punie pour le prochain millénaire.

– Et pourtant tu es là.

– Ah, il faut bien qu'ils quittent la maison de temps en temps.

La dispute avait duré quatre heures : à la fin, tout le monde pleurait, y compris l'un des policiers. Cela avait presque eu raison de Flick, mais être privée d'internet jusqu'à ses vingt-cinq ans n'était pas cher payé pour garder le secret de Mondétranges. Comment faire comprendre à ses parents qu'elle avait failli les perdre si elle ne pouvait pas leur raconter ce qui s'était passé ? La douleur de tout garder secret – y compris ce qui la rendait spéciale – la transperçait jusqu'aux os.

Elle prit un des biscuits de Jonathan, qui récupéra habilement la loupe au passage et la reposa sur le bureau avec un regard appuyé.

Elle grogna, la bouche pleine de biscuit.

– Tu peux me faire confiance, tu sais.

Il ôta ses jambes du bureau.

– Je sais. Je te fais confiance. Honnêtement. Je suppose que ce serait super si tu pouvais en faire autant à mon égard, osa-t-il en triturant sa manche.

Flick attendit quelques secondes avant de hausser les épaules.

– Tu sais, si tu m'avais juste dit que j'étais différente, je t'aurais probablement aidé quand même.

– Vraiment ? Mais pourquoi ?

– Parce que c'est ce qu'on fait pour ses amis. On les aide. Et on leur dit ce qui les rend spéciaux. Même si c'est leur capacité de nous faire tourner en bourrique.

Il y eut un silence. Le bruit de la rue dehors se glissait sous la porte, se mêlant au son de leur respiration et à leurs pensées. C'était si confortable qu'ils auraient pu s'endormir tous les deux.

– Est-ce que ça signifie que tu vas revenir ? demanda Jonathan. Vraiment ?

Flick gloussa.

– Comme si je pouvais renoncer maintenant. J'en sais trop, non ?

– Oui, c'est vrai. En fait, je détesterais te voir quitter Mondétranges. C'est peut-être égoïste de ma part, mais j'aime quand tu es là.

Elle leva les sourcils.

– Pour transmettre ce que tu sais ?

– Non. Je *croyais* que c'était la raison. En réalité, c'est à cause de qui tu es. C'est sympa d'avoir… eh bien, d'avoir une amie, je suppose. Je suis désolé, je ne suis pas très doué pour les déclarations… Il faut m'excuser si je suis en train de massacrer celle-ci.

– Non, dit Flick en souriant, tu t'en sors mieux que tu ne penses. Je préfère que tu me dises de rester en tant qu'amie qu'en tant qu'élève.

Elle lui donna un petit coup sur le bras.

– Plus aucun secret par contre, OK ? Si je pose une question, tu me dis la vérité. Pas de mensonges.

Elle tendit la main.

– Pas de mensonges, répéta-t-il en la serrant.

– Et… pour ton père ?

Jonathan baissa les yeux vers le bureau.

– J'aimerais continuer les recherches.

– Et s'il était mort ? Je suis désolée d'être si directe, mais c'est possible.

– Je ne sais pas, dit-il sans lever les yeux. Je ne peux qu'espérer.

La fillette hocha la tête. Elle comprenait ça. Il y avait toujours de l'espoir. Seulement ça ne suffisait pas, il fallait aussi de l'action. Les deux étaient nécessaires.

Après cela, il y eut des biscuits, encore du thé, et ils ne ressentirent plus le besoin de se dire grand-chose. L'alarme du téléphone de Flick lui indiqua qu'elle devait partir si elle voulait arriver à la maison avant son père. Elle se leva et alla à la porte.

– Jonathan…

– Mmm ?

– La photo dans l'escalier… celle du garçon en uniforme…

– Oui ?

– C'est ton père ?

Il hocha la tête.

– Oh oui, c'est lui.

Elle sourit, ouvrit la porte et se tourna de nouveau vers lui.

– Tu es son portrait craché, tu sais.

Il ne répondit pas. Il semblait sur le point de fondre en larmes. L'alarme de Flick résonna à nouveau dans sa poche.

– Je dois y aller.

– Attends.

Il se leva, prit la loupe sur son bureau et la lui tendit.

– Tu es sérieux ? demanda-t-elle en s'en saisissant, craignant qu'il ne change d'avis.

– Je suis sérieux. Elle te servira plus qu'à moi. Garde-la. Tu vas revenir, n'est-ce pas ?

– Je n'ai plus le choix maintenant, répondit-elle en glissant l'instrument dans sa poche. Dès que possible.

Jonathan lui tint la porte ouverte.

– Bon voyage, Felicity.

Elle passa le seuil de l'agence Mondétranges, sortant d'un monde pour pénétrer dans un autre.

Remerciements

Ce livre n'aurait jamais été écrit, et moins encore publié, sans le soutien et les encouragements de ma merveilleuse agente, Clair Wilson. Merci d'avoir aidé Flick et moi à faire nos premiers pas ensemble, d'avoir été mon chevalier servant et de m'avoir arrêtée avant que je mette du sel dans mon thé ce jour-là.

À mes éditrices à Orion Children's, Lena McCauley et Samantha Swinnerton, merci un million de fois. Avoir *une* excellente éditrice est déjà un coup de chance, mais j'en ai eu DEUX ! Merci d'avoir permis à l'agence Mondétranges d'ouvrir ses portes, et pour tout votre merveilleux travail.

Merci à toute l'équipe d'Hachette Children's Group : le département des droits pour tout le travail qu'a nécessité d'envoyer Flick et Jonathan autour du monde, à Dominic Kingston pour les relations publiques et à Samuel Perrett et Marco Guadalupi d'avoir conçu et illustré une couverture si belle que je pense à me la faire tatouer sur le dos.

À Nicole Jarvis, qui m'a permis de commencer ce livre comme Charles Dickens en lui envoyant 200 mots à la fois à lire par MP sur Twitter. À Darran Stobbart et Melinda Salisbury, d'avoir gardé mes secrets et prêté vos noms pour que je puisse les transformer en sucreries. Mille mercis à Steve Jones, Peter L. et Gabriel Wulff d'avoir été des lecteurs sensibles et merveilleux. Merci à ma tribu sur Twitter, entre autres Alice S.-H., Alice Oseman, Laura Steven, George Lester et Jo Hogan. Et merci à Steph Elliott, Jo Clarke et Louise Inniss d'avoir été les meilleures cheerleaders qu'un auteur pouvait espérer.

Bravo à toute la communauté AO3 pour avoir été un puits sans fond d'histoires, de retours, d'espoir et de soutien – continuez à écrire. Merci à Lia Louis d'avoir supporté mes textos stressés sur mes cernes et mangé du jambon et des raviolis, et à Nick d'être mon meilleur ami dans le Multivers. Et mention spéciale à Oliver Clark et Sana Aslam, qui étaient là dès le début.

À ma merveilleuse famille… Merci de m'avoir supportée. Merci à mes parents d'avoir laissé assez de place à mon imagination pour qu'elle grandisse avec moi, et d'avoir fait comme si vous ne saviez pas que je lisais sous les couvertures tous les soirs. Et à Anton et Joseph… vous êtes mon monde, mon foyer, mon Multivers. Je vous aime tant.

PAPIER À BASE DE FIBRES CERTIFIÉES

Le Livre de Poche s'engage pour l'environnement en réduisant l'empreinte carbone de ses livres. Celle de cet exemplaire est de :
g éq. CO_2
Rendez-vous sur www.livredepoche-durable.fr

« Pour l'éditeur, le principe est d'utiliser des papiers composés de fibres naturelles, renouvelables, recyclables et fabriquées à partir de bois issus de forêts qui adoptent un système d'aménagement durable. En outre, l'éditeur attend de ses fournisseurs de papier qu'ils s'inscrivent dans une démarche de certification environnementale reconnue. »

Édité par la Librairie Générale Française – LPJ
(58 rue Jean Bleuzen, 92170 Vanves)

Composition Nord Compo
Achevé d'imprimer en Espagne par Liberduplex
Dépôt légal 1re publication : septembre 2022
43.2714.2/01 – ISBN : 978-2-01-788131-5
Loi n° 49-956 du 16 juillet 1949 sur les publications destinées à la jeunesse
Dépôt légal : septembre 2022